Christin-Marie Below & Anne Barns

Mirella Manusch

Achtung, hier kommt Frau Eule!

Mit Illustrationen von
Anastasia Braun

SCHNEIDERBUCH

Bisher bei Schneiderbuch erschienen:
Mirella Manusch – Hilfe, mein Kater kann sprechen! (Band 1)
Mirella Manusch – Achtung, hier kommt Frau Eule! (Band 2)
Mirella Manusch - Vorsicht, unser Schulleiter ist ein Vampir! (Band 3)

3. Auflage 2024
Originalausgabe

Dieses Werk wurde vermittelt durch die Literarische Agentur
Thomas Schlück GmbH, 30161 Hannover.
Einband und Illustrationen: Anastasia Braun
Layout und Satz: Ortrud Müller,
Die Buchmacher – Atelier für Buchgestaltung, Köln
Druck und Bindung: GGP Media GmbH, Pößneck
Printed in Germany · ISBN 978-3-505-14398-4

www.schneiderbuch.de
Facebook: facebook.de/schneiderbuch
Instagram: @schneiderbuchverlag

Druckprodukt mit finanziellem Klimabeitrag
ClimatePartner.com/15109-2009-1001

MIX Papier
FSC FSC® C014496

Inhalt

1.

Wir flattern im Turbotempo durch die Nacht

»Aufwachen, Mademoiselle Flederella«, flüstert jemand ganz nah an meinem Ohr.

Ich blinzele ein paarmal, bevor ich die Augen öffne. Lancelot sitzt so dicht neben mir, dass eins seiner Schnurrhaare an meiner Nase kitzelt. »Hatschi!« Ich muss niesen. War ja klar, dass es nur mein Kater sein kann, der mir ins Ohr schnurrt. Flederella nennt mich nämlich sonst niemand. Eigentlich heiße ich Mirella, Mirella Manusch.

Verschlafen richte ich mich im Bett auf. »Boah, Lancelot. Was ist denn los?«, murmele ich.

Draußen ist es stockdunkel. Es muss also mitten in der Nacht sein. Und eigentlich ist ausgemacht, dass mein Kater mich bis morgens schlafen lässt. Aber seit wir uns auf Katzisch unterhalten, fällt ihm ständig irgendwas ein, über das er mit mir reden will. Dringend. Und es ist ihm ganz egal, ob ich gerade tief und fest schlafe.

»Das geht so nicht, echt!«, schimpfe ich nun.

»Wie du meinst, Flederella.« Lancelot springt vom Bett. »Wenn es dich nicht interessiert, dass du fledermäusischen Besuch bekommst, werde ich demnächst einfach schweigen.«

Besuch? Ich schaue zum Fenster. Und tatsächlich! An der Scheibe klebt Manolo.

»Warum hast du das nicht gleich gesagt«, rufe ich – und halte mir schnell die Hand vor den Mund. *Ups!* Bloß nicht Mama und Papa wecken.

»Ich dachte, er verschwindet von allein wieder, wenn ich ihn lang genug ignoriere. Aber dein vampirischer Fledermausfreund hat Ausdauer«, erklärt Lancelot. »Er pappt schon ziemlich lange da und starrt mich an.«

Ich klettere aus dem Bett und öffne das Fenster. Dabei bleibt Manolo einfach an der Scheibe kleben. Er dreht seinen Kopf zu mir und grinst. »Lust auf ein paar Flugübungen?«

Daran, dass er sich als Fledermaus so piepsig anhört, werde ich mich wohl nie gewöhnen. Aber ich klinge ja selbst so, wenn ich eine Fledermaus bin.

»Warte kurz.« Ich lausche, ob im Haus alles still ist. Papa darf immer noch nicht wissen, dass ich eine Vampirin bin und mich nachts verwandeln kann. Aber so wie es aussieht, schlafen meine Eltern tief und fest. »Okay.«

Lancelot verdreht die Augen. »Muss das sein, Flederella? Es war gerade so gemütlich in deinem Bett.«

»Nur ein paar Minuten, versprochen! Wenn am Montag die Schule wieder anfängt, darf ich doch nachts nicht mehr raus.«

»Mon dieu, ist ja gut. Ich komme mit.« Mein Kater seufzt und springt aufs Fensterbrett. »Als dein Beschützer habe ich keine andere Wahl.«

Ich hole meinen wunderschönen Vampirumhang aus der Samtkiste und verwandele mich blitzschnell – wusch – in eine Fledermaus.

»Na endlich!«, ruft Manolo, als ich nach draußen in den Nachthimmel fliege, und folgt mir.

Seitdem er letzte Woche auf seinem Skateboard einfach an Klara und mir vorbeigebraust ist, hat er sich nicht mehr blicken lassen.

»Ich habe schon gedacht, ich sehe dich nie wieder«, sage ich.

»Jetzt bin ich hier.« Manolo flattert einmal um mich herum. »Wer zuerst an der Straßenlaterne ist, hat gewonnen!«, ruft er und saust davon.

»He, warte!« Ich schaue kurz nach unten. Lancelot sitzt auf der Wiese und sieht zu mir hoch. Mein Beschützer ist also auch startklar. So schnell ich kann, düse ich hinter Manolo her.

Er sitzt schon auf der leuchtenden Laterne und wartet auf mich. »Ha! Ich bin eben doch der Schnellste!«

Ich lande neben ihm. »Du hattest ja auch einen Vorsprung.«

Unter uns kreisen Motten um das Licht. Immer mal wieder fliegt eine von ihnen knapp an mir vorbei. »Gut, dass ich mich nicht mit Insekten unterhalten kann«, sage ich. »Von denen gibt es so viele, das wäre auf Dauer bestimmt anstrengend.« Ich schaue mich um. »Wo ist eigentlich Rabia?«

»Guck mal, da oben.« Manolo zeigt mit seinem Fledermausärmchen auf das Nachbarhaus. »Sie sitzt auf dem Schornstein und beobachtet die Umgebung.«

Ich winke der Dohlendame kurz zu und schaue dann runter zur Straße. »Lancelot passt unten auf.«

»Das ist gut.« Manolo lächelt mich an. »Ich will ja nicht, dass dir was passiert. Als Vampirschülerin musst du noch jede Menge lernen.«

»Was denn?«

»Du musst echt an deiner Geschwindigkeit arbeiten«, erklärt Manolo und lacht. »Nein, ernsthaft, du fliegst schon sehr gut. Aber ein paar Feinheiten könnte ich dir schon noch beibringen.«

»Warum nicht? Klingt spannend.«

»Okay. Lass uns zum Feld hinter der Grundschule fliegen«, schlägt Manolo vor. »Das ist der ideale Übungsplatz.«

Er flattert los. Und ich hinterher.

Unter uns rennt mein schlecht gelaunter Beschützer Lancelot, über uns fliegt Rabia.

Am Feld angekommen, drehen wir zuerst ein paar Loopings.

»Die hast du schon sehr gut drauf«, ruft Manolo. »Jetzt zeig ich dir, wie man ein vernünftiges Zickzackmanöver hinlegt. Pass genau auf. Deine Flügel sind ganz besonders. Sie bestehen nicht aus Federn. Du hast eine Flughaut, die sehr flexibel ist. Du kannst sie blitzschnell verformen und dadurch echt coole Manöver fliegen.«

»Ist gut!« Ich düse hinter Manolo her, knicke meine Flüge ein und schlage Haken in der Luft. »Mega!«

»Achtung!«, schreit Rabia da plötzlich. Die Dohle kommt in einer Mordsgeschwindigkeit auf uns zugeflogen. »Schnell weg hier!«

Noch bevor ich fragen kann, was los ist, sehe ich von Weitem einen echt großen Raubvogel auf uns zurasen.

»Holy Moly!«, flüstere ich.

»Abhauen!«, brüllt Manolo. »Schnell, Mirella.«

Wir fliegen neben Rabia. Ich traue mich nicht, mich umzudrehen, kann jedoch spüren, dass der große Vogel hinter uns immer näher kommt.

»Das ist ein Mäusebussard! Was will er denn?«, ruft Manolo seiner Beschützerin zu.

»Ich weiß es nicht, ich hoffe nur, dass er keinen Hunger hat«, ruft sie zurück.

»Warum verwandeln wir uns nicht?«, brülle ich.

»Dafür müssten wir landen. Das schaffen wir nicht. Sobald wir unten ankommen, hat er uns! Flieg mir hinterher. Zickzack!«

Wir flattern im Turbotempo durch die Nacht.

»Hey, Herr Bussard!«, rufe ich, so laut ich kann. »Wir sind keine echten Fledermäuse. Lass uns in Ruhe.«

Aber das interessiert den Bussard nicht. Er macht keine Anstalten, von uns abzulassen, und kommt immer näher. Ich kann den Blick aus seinen gelben, stechenden Augen förmlich im Nacken spüren.

»Da vorn kommt ein Baum«, ruft Manolo. »Da können wir auf einem Ast landen.«

»Aber der Bussard doch auch! Ich habe einen besseren Plan«, rufe ich zurück. »Wir müssen zum Sportplatz. Da steht ein Tor. Wir sind klein, wir passen durch das Netz. Der Bussard nicht.«

Manolo versteht sofort, was ich meine. »Alles klar!«

Rabia klappert aufgeregt mit dem Schnabel. »Verstanden, ich sag deinem Kater Bescheid.«

Zum Glück ist es nicht mehr weit. »Jetzt!«, schreie ich.

Manolo und ich legen unsere Flügel ganz nah an den Körper an – und zischen durch die groben Maschen des Netzes.

Der Mäusebussard merkt zu spät, dass wir ihn ausgetrickst haben. Er fliegt volle Lotte in das Netz – und bleibt hängen.

»Hat geklappt!«, rufe ich und lande schnaufend auf dem Boden, direkt neben Manolo. »Das war knapp.«

Ich verwandele mich in meine menschliche Gestalt zurück, dann gehe ich langsam auf den vor Wut schreienden Bussard zu, der sich komplett im Netz verheddert hat.

»Ich würde dir empfehlen, mit dem Gezappel aufzuhören. Damit machst du die ganze Sache nur schlimmer«, sage ich streng.

Der Bussard bewegt sich augenblicklich keinen Zentimeter mehr. Er schaut mich mit großen Augen an. »Bist du ein Mensch?«

»Jetzt ja. Aber eben war ich noch die Fledermaus, die du gejagt hast.«

»Menschen sind unsere Feinde«, stellt der Bussard fest und fängt wieder an zu zappeln.

»Und Bussarde die von Fledermäusen«, kontere ich. »Du wolltest uns verspeisen!«

»Igitt.« Der Bussard schüttelt sich. »Ich fresse nur Mäuse ohne Flügel. Die schmecken mir besser.«

»Warum hast du uns dann gejagt?«, frage ich.

»Ihr seid in mein Territorium eingedrungen. Hier darf nur ich jagen. Das ist ja wohl klar! Meine Mutter hat mir das Jagdgebiet zugewiesen.«

»Dein Territorium? Ach so. Das wusste ich nicht. Wir haben aber nicht gejagt. Wir haben geübt«, erkläre ich. »Wie heißt du denn?«

»Fred«, antwortet er. »Ich bin neu in der Gegend und wusste nicht, dass die Fledermäuse sich hier in Menschen verwandeln können.«

Fred scheint ein ganz junger Mäusebussard zu sein. »Ich bin keine Fledermaus, ich bin ein Mensch. Und ein Vampir«, erkläre ich. »Und Manolo auch.« Ich drehe mich um. Wo steckt der eigentlich?

Er sitzt neben Rabia und Lancelot neben dem Tor. Und er hat sich nicht zurückverwandelt.

»Könntest du mir aus dem Netz raushelfen, Vampirmädchen?«, sagt Fred. »Es ist sehr unangenehm, hier zu hängen.«

»Nur, wenn du versprichst, uns nicht wieder zu jagen«, erkläre ich. »Ich muss mich nämlich gleich zurück in eine Fledermaus verwandeln, um nach Hause fliegen zu können.«

»Versprochen«, sagt Fred. »Wie gesagt, ihr schmeckt mir sowieso nicht.«

»Kannst du mir helfen, Manolo?«, rufe ich meinem Freund zu. »Zu zweit ist es einfacher.«

»Das schaffst du allein«, antwortet Manolo, die Fledermaus.

»Wenn du meinst!« Ich zucke mit den Schultern. »Aber ich verstehe echt nicht, warum du so ein Geheimnis um dein Aussehen machst.«

Vorsichtig befreie ich den jungen Vogel aus dem Netz und setze ihn auf den Boden. »Tut dir irgendwas weh, Fred?«, frage ich besorgt.

Der Bussard flattert vorsichtig mit seinen Flügeln. »Nein, alles in Ordnung. Danke.« Er sieht zu mir hoch. »Und du kannst dich wirklich wieder in eine fliegende Maus verwandeln? Das würde ich zu gern sehen!«

Lancelot, der mittlerweile neben mir steht, räuspert sich laut. »Vorsichtshalber würde ich den schrecklichen Vogel sehr weit wegschicken, bevor du dich wieder verwandelst, Mademoiselle Flederella.«

»Ich werde euch nichts tun«, versichert der Bussard.

Doch ich schüttele den Kopf. »Sir Lancelot hat recht. Flieg du mal schön zu deinem Feld. Wir warten so lange.«

Erst als ich Fred nicht mehr sehen kann, schwinge ich meinen Umhang und verwandele mich zurück in eine Fledermaus.

Meine Freunde sitzen immer noch nebeneinander. Rabia klappert mit dem Schnabel. »Puh, was für eine Aufregung! Ich habe uns schon als Mitternachtssnack gesehen.«

»Das hätte ich niemals zugelassen, Madame«, sagt Lancelot würdevoll. »Ich hätte den Bussard das Fürchten gelehrt.« »Das wäre nicht nötig gewesen. Ich hatte alles im Griff. Für dich war es eine perfekte Übung, Mirella!«, erklärt Manolo.

»Ist klar!«, sage ich lachend. »Das glaubt ihr beide ja wohl selbst nicht. Ohne mich wären wir jetzt Bussardfutter!«

2.

Freunde verzeihen sich kleine Fehler

»Der Bussard war eigentlich ganz nett«, sage ich, als ich neben Manolo nach Hause flattere.

»Aber erst, nachdem du dich in einen Menschen verwandelt hast. Da war er nämlich in der schlechteren Position«, meint Manolo. »Du hättest ihn auch im Tor hängen lassen können.«

»Hätte ich nie gemacht!« Ich schiele zu ihm rüber. »Warum willst du eigentlich nicht, dass ich weiß, wie du aussiehst?«, frage ich. »Du hättest dich ruhig verwandeln und mir helfen können.«

»Wer sagt, dass ich nicht will? Ich darf nicht.«

»Ehrlich? Wieso das denn nicht?«

»Ist halt so«, sagt Manolo knapp und flattert ein bisschen schneller.

Ich bin zwar kaputt von der Flucht eben, schaffe es aber, ihn einzuholen. »*Ist halt so* ist eine blöde Antwort.«

»Na gut, dann werde ich etwas deutlicher. Mein Vater hat es mir verboten. Ich darf mich dir nicht in meiner Menschengestalt zeigen. Warum, kann ich dir nicht sagen.«

»Aber ...«

Er fliegt einen Looping um mich rum. »Aber wir können weiter gemeinsam durch die Nacht flattern. Ist doch auch gut! Los, das letzte Stück fliegen wir im Zickzack. Oder bist du etwa schon platt?«

Das bin ich wirklich. Trotzdem düse ich hinter Manolo her bis zu unserem Garten. Dort hängt er sich kopfüber an die Wäscheleine, und ich hänge mich daneben.

»Du bist echt schon richtig gut geworden«, findet Manolo. »Die Verfolgungsjagd mit dem Bussard hat deine Technik verfeinert.«

»Darauf hätte ich lieber verzichtet.« Ich schaukele an der Leine hin und her. »Das war echt knapp!«

»Das Leben ist die beste Schule«, sagt Manolo. »Behauptet zumindest mein Vater.«

»Mein Vater sagt immer, dass man miteinander reden muss, um falsche Gedanken zu vermeiden«, erkläre ich. Und ich bin ein bisschen stolz, weil mir der schlaue Spruch gerade eingefallen ist.

Manolo rollt mit den Augen. »Du gibst aber auch echt keine Ruhe. Ich kann es dir nicht sagen.«

»Na gut. Ich frage nicht mehr«, lenke ich ein. »Schade

finde ich es schon. Aber wenigstens weiß ich jetzt, warum du letztens abgehauen bist, als wir dich auf dem Skateboard gesehen haben.«

»Du bist ja lustig. Auch wenn mein Vater mir erlauben würde, mich dir zu zeigen, wäre ich da weggedüst«, sagt Manolo. »Du warst nicht allein. Ein blondes Mädchen war bei dir. War das eine Freundin von dir?«

»Meine beste! Sie heißt Klara. Aber wegen ihr brauchst du dir gar keine Gedanken zu machen. Du kannst ihr vertrauen. Sie würde nie-niemals irgendjemandem von uns erzählen und wird unser Geheimnis für sich behalten. Das hat sie mir versprochen.«

Manolo dreht seinen kleinen Fledermauskopf zu mir und sieht mich mit großen Augen an. »Das hast du nicht ernsthaft gesagt!«

»Was meinst du?«

Manolo schüttelt ein paarmal den Kopf. »Bitte sag mir, dass du deiner Freundin nichts von uns erzählt hast!«

Ups!

»Doch, habe ich«, gebe ich zu. »Sie weiß alles von mir. Klara ist meine beste Freundin.«

»Deine! Aber doch nicht meine«, motzt Manolo. »Du kannst dir meinetwegen ein Schild um den Hals hängen und draufschreiben, dass du eine Vampirin bist. Von mir soll das niemand wissen!«

Auf einmal fühle ich mich ganz schlecht. »Tut mir leid«, sage ich leise. »Darüber habe ich nicht nachgedacht.« Dass wir die ganze Woche versucht haben Manolo zu finden, behalte ich für mich.

»Oh Mann!« Manolo schüttelt schon wieder den Kopf. Und schließlich sagt er: »Ich weiß nicht, ob wir noch weiter befreundet sein können. Wenn mein Vater rausfindet, dass du das ausgeplappert hast, darf ich wahrscheinlich nie wieder nachts allein rausfliegen.«

»Oh. Das wär aber schade«, sage ich. Dabei liegt plötzlich ein schwerer Kloß in meinem Bauch.

»Sorry, aber das hast du voll verbockt.« Manolo lässt sich von der Leine fallen und flattert ein Stück von mir weg. »Ich hau dann jetzt mal ab.«

»Sehen wir uns wieder?«, frage ich.

»Keine Ahnung«, sagt Manolo – und fliegt davon.

Ich beobachte, wie Rabia sich zu ihm gesellt. Und dann sind die beiden auch schon über das Dach unseres Hauses geflogen und verschwunden.

»Mist, verdammter!«, schimpfe ich.

»Oh, là, là! Du sollst doch nicht fluchen«, ertönt da eine Stimme unter mir. »Das passt nicht zu dir, Mademoiselle Flederella.« Es ist

Sir Lancelot. Er liegt im Gras und schaut zu mir hoch. »Probleme?«

Ich seufze. »Manolo ist sauer auf mich, weil ich Klara von ihm erzählt habe.«

»Ah, oui, ja, das kann ich verstehen«, sagt Lancelot. »Das war auch nicht unbedingt klug von dir, kleine Mademoiselle.«

»Toll!«, schimpfe ich. »Das hilft auch nicht weiter.«

Lancelot streicht sich elegant mit der linken Vorderpfote über seine Schnurrhaare. »Du hast recht, Flederella, den Spruch hätte ich mir sparen können. Aber weißt du was? Freunde verzeihen sich kleine Fehler. Gib dem Fledermausjungen ein wenig Zeit. Ich bin mir sicher, er wird irgendwann wieder hier auftauchen.«

»Meinst du?«

Lancelot überlegt einen Moment. »Ja, das meine ich, Flederella. Ihr habt heute den Angriff eines gefährlichen Bussards gemeinsam überstanden. So ein Erlebnis verbindet. Er wird wiederkommen.«

»Das hoffe ich«, sage ich. Und es geht mir gleich ein wenig besser.

Ich lass mich von der Leine fallen und flattere nach oben in den Himmel. Da höre ich plötzlich ein Wimmern irgendwo im Garten, ganz leise.

»Was war das denn?«

Ich fliege in einem großen Bogen um den alten Baum. Aber ich kann niemanden entdecken. Also lande ich neben Lancelot im Gras und drehe meine Fledermausohren langsam in alle Richtungen. »Da, da war es wieder ... Ich glaube, da weint jemand.«

»Oui, jetzt habe ich es auch gehört«, sagt Lancelot. Er steht still da und inspiziert mit einem genauen Blick den Garten. »Es sitzt im stacheligen Busch«, stellt er schließlich fest. »Darin hat sich gerade was bewegt. Am Zaun.«

Prompt ertönt wieder ein Wimmern, diesmal etwas lauter.

»Im Brombeerbusch. Vielleicht hat sich ein Tier in den Dornen verfangen«, überlege ich laut. »Lass uns schnell nachschauen.«

»Wie Sie wünschen, Mademoiselle Flederella«, sagt Lancelot.

Wir zischen durch den Garten, Lancelot über die Wiese, ich durch die Luft. Vor den Brombeeren machen wir halt.

Lancelot hält seine Nase in Richtung Busch. »Ein Vogel, wenn du mich fragst.« Er dreht seinen Kopf zu mir. »Das Gestrüpp ist sehr dicht. Da kommst du nicht rein, ohne dir einen Dorn einzufangen.«

Ich hopse über den Boden etwas näher ran. Das ist gar nicht so einfach, weil meine Flügel dabei im Weg sind. »Hallo da drinnen, brauchst du Hilfe?«, rufe ich.

Aber alles ist mucksmäuschenstill. Kein Wimmern.

»Mein Name ist Mirella, und ich würde dir sehr gern helfen«, rufe ich noch mal. »Bist du verletzt? Kannst du nicht raus?«

»Nur ha-alb, ich hä-änge fest«, ertönt da leise eine zitternde Stimme aus dem Busch. »Außerdem sitzt neben dir ein großer, schwarzer Ka-ater! Die fressen Vögel wie mich.«

»Der gehört zu mir. Und er tut dir nichts. Stimmt doch, Sir Lancelot, oder?«

Lancelot reibt sich mit funkelnden Augen über die Schnauze. Der Vogel hat recht. Normalerweise sind Katzen Jäger. Er will doch nicht etwa …

Ich pike Lancelot ins Fell, werfe ihm einen strengen Blick zu und flüstere: »Im Garten wird nicht gejagt, sonst werde ich stinkesauer.«

Lancelot seufzt leise. Und dann sagt er laut: »Du hast mein Ehrenwort als Ehrenkater, Piepmatz.«

Es raschelt im Busch. Und nur kurz darauf schaut eine kleine Schwarzdrossel ängstlich durch die Blätter. »Hallo, ich bin Lorelei«, sagt sie.

»Hallo, Lorelei, ich bin Mirella. Und der Kater hier ist Sir Lancelot. Du musst wirklich keine Angst vor uns haben. Geht es dir nicht gut?«, frage ich und hüpfe noch etwas näher an den Busch heran.

»Irgendwas ist an meinem Flügel«, erklärt Lorelei. »Ich hänge fest und kann nicht weiter raus.« Sie legt ihren Kopf schief und betrachtet mich. »Du bist eine Fledermaus. Wie willst du mir helfen?«

»Ich werde gleich meine Gestalt ändern und bin dann ein Menschenmädchen«, erkläre ich. »Aber du darfst dich nicht erschrecken, sonst landest du am Ende ganz hinten im Gestrüpp.«

Die kleine Drossel fängt an zu kichern. »Du bist ja lustig.« Aber schon im nächsten Moment wird ihre Stimme wieder weinerlich. »Was mache ich denn jetzt?«

»Dich zu verwandeln ist keine gute Idee, Flederella«, mischt Lancelot sich ein. »Dein Vater könnte dich entdecken, wenn er zufällig aus dem Fenster sieht. Und der wird gar nicht begeistert sein, wenn er dich um diese späte Uhrzeit im Garten entdeckt.«

»Hm«, mache ich. An der Sache ist was dran.

»Ich könnte versuchen, den Piepmatz mit meinem Maul aus dem Busch zu holen. So wie ich dich bei unserem nächtlichen Ausflug zum Zoo gerettet habe, Flederella«, schlägt Lancelot vor.

»In deinem Maul?« Lorelei klappert aufgeregt mit dem Schnabel. »Kommt gar nicht infrage!«

»Dann verwandele ich mich jetzt«, entscheide ich und schwinge meine Flügel um meinen Körper, erst den einen, dann den anderen. Und schon bin ich ein ganz normales Mädchen, das im Schlafanzug vor den Brombeerbusch kniet. »Ich bin es immer noch – Mirella«, erkläre ich schnell. »Keine Angst, ich hole dich jetzt raus.«

Lorelei sieht mich mit großen Augen an.

»Es hat ihr die Sprache verschlagen«, stellt Lancelot fest und niest ein paarmal. Aber erkältet ist er nicht. Das hört sich nur so an. Niesen bedeutet, dass Lancelot lacht. »Das Vögelchen hält den Schnabel.«

»Alles wird gut!« Ich biege vorsichtig ein paar Äste des Brombeerbuschs zur Seite. »Keine Angst, Lorelei, ich helfe dir jetzt.«

Aber die Sache ist gar nicht so einfach. Ich muss mich auf den Bauch legen, um besser sehen zu können. »Du hängst mit einem deiner Flügel an einer Schnur fest.« Ich beiße die Zähne zusammen und greife trotz der Dornen in den Busch. »Autsch!« Zum Glück erwische ich den Ast, um den sich die Schnur gewickelt hat, und kann ihn abknicken. »So, das war's, jetzt kannst du rauskommen.«

»Sicher?«, piepst Lorelei.

»Katerehrenwort«, bestätigt Lancelot noch einmal.

Ich biege die Äste noch ein wenig mehr zur Seite. Die kleine Schwarzdrossel wankt auf wackeligen Beinen aus dem Busch.

»Da bist du ja«, sage ich.

»Hallo«, fiept Lorelei und hüpft vor Freude ein paarmal hoch und runter.

Ich setze mich im Schneidersitz auf den Boden, hebe Lorelei vorsichtig hoch und lege sie auf mein Knie, um ihren Flügel genauer unter die Lupe zu nehmen. »Sieht aus wie ein Stück Angelschnur. Wie ist das denn passiert?«, frage ich.

»Ich habe am Rand von einem See gebadet, und plötzlich konnte ich mich nicht mehr richtig bewegen. Beim Fliegen ist es immer schlimmer geworden. Und dann bin ich vom Himmel in den Busch geplumpst«, erklärt Lorelei. »Angelschnur? Hört sich schlimm an, geht das wieder weg?«

»Ja, aber du musst ganz stillhalten.«

»Okay!«

Zum Glück schaffe ich es schnell, die Schnur komplett abzuwickeln. »Das hätten wir geschafft!«

»Danke«, schnaubt Lorelei erleichtert und flattert zur Probe mit den Flügeln. »Du hast mich gerettet.«

Da räuspert sich Lancelot neben mir. »Ich störe ja nur ungern, aber im Haus ist gerade in der Küche das Licht angegangen.«

»Mist«, fluche ich, »das ist bestimmt Papa.«

»Oui – ja, das denke ich auch. Er stattet der Speisekammer einen Besuch ab, wie jeden Abend«, erklärt Lancelot. »Und danach schaut er ganz sicher nach seinem süßen kleinen Mädchen, ob es auch brav im Bett liegt und schläft. Aber es wird nicht da sein ...« Schon ist mein Kater weg.

»Tut mir leid, Lorelei, du kommst ja jetzt allein klar. Wir müssen los!« Ich springe auf und schwinge meinen Umhang über den Kopf. Wusch! Im nächsten Moment flattere ich als Fledermaus zum Haus und durch das Fenster in mein Zimmer. Dort verwandele ich mich zurück in ein Mädchen und lege mich ganz schnell ins Bett. Als ich die Treppe knarzen höre, ziehe ich die Bettdecke bis zur Nasenspitze und schließe fest die Augen.

Papa blickt kurz in mein Zimmer und geht dann mit leisen Schritten davon.

Ich warte, bis er weg ist, dann setze ich mich auf. »Puh! Was für eine Nacht!«

»Du sagst es, Flederella«, sagt Lancelot, der offenbar bereits vor mir im Haus angekommen ist und nun durch die halb geöffnete Tür vom Flur hereinspaziert kommt. »Meine Pfoten sind ganz wund von dem vielen Rumgerenne.«

»Was hältst du von einer kleinen Massage?«, frage ich.

Und schon liegt mein Beschützer vor mir, streckt alle viere von sich und fängt an zu schnurren. Manchmal ist er eben doch ein stinknormaler Kater.

3.

Wo ist denn dein Feinschmecker-Kater?

»Miri-Schatz, stehst du bitte auf?«, sagt Mama.

Ich blinzele ein paarmal und öffne die Augen. Mama sitzt auf meiner Bettkante und streicht mir eine Haarsträhne aus dem Gesicht.

»Wie spät ist es denn?«

»Gleich neun.«

»So früh?« Ich gähne und ziehe die Decke ein bisschen höher. »Sind doch noch Ferien.« Außerdem habe ich sehr schlecht geschlafen. Weil ich traurig bin, dass Manolo vielleicht nichts mehr von mir wissen will, und ich die ganze Nacht darüber nachgedacht habe.

»Am Montag fängt die Schule wieder an. Du musst dich langsam wieder an normale Zeiten gewöhnen«, erklärt Mama. »Komm schon, steh auf, Schatz. Die Sonne scheint. Es wird wieder richtig schön warm heute.« Sie steht auf, geht durchs Zimmer und öffnet das Fenster. Dann sagt sie:

»Ach herrje, wo kommen denn die ganzen Vögel her?«

Sofort bin ich hellwach. »Vögel?«

»Ja«, sagt Mama. »Der Baum ist voller Schwarzdrosseln.«

Ich springe aus dem Bett und will zum Fenster laufen. Aber ich komme nicht weit. Mama stellt sich mir in den Weg und mustert mich mit zusammengekniffenen Augen. Schließlich stemmt sie ihre Hände auf die Hüften und schüttelt den Kopf. »Also weißt du, Miri! Es ist in Ordnung, wenn du nachts noch ein bisschen durch die Gegend flatterst.« Sie zeigt auf meine Schlafanzughose. »Aber das geht gar nicht! So kannst du dich doch nicht ins Bett legen.«

Ich schaue an mir runter. »Ups!«

»Grasflecken«, schimpft Mama. »Und Erde!«

Genau in dem Moment landet eine Schwarzdrossel auf der Fensterbank und zwitschert fröhlich drauflos.

»Das ist bestimmt Lorelei. Sie hing im Brombeerbusch fest«, erkläre ich und grinse schief. »Um sie zu retten, musste ich mich zurückverwandeln und auf den Bauch legen.«

Mama schüttelt noch einmal den Kopf. Aber ihre Augen lächeln dabei.

Ich atme erleichtert auf. Gut, dass wenigstens Mama von meinen vampirischen Fähigkeiten wissen darf.

Auf dem Fensterbrett sitzt immer noch Lorelei und trällert vor sich hin. Ich gehe zu ihr und sage: »Tut mir leid, tagsüber kann ich dich nicht verstehen.« Da ertönt plötzlich ein Fauchen. Und fast im gleichen Augenblick fliegen alle Schwarzdrosseln aus dem Baum und zwitschern empört auf. Und auch Lorelei flattert davon.

Das kann nur ...

»Lancelot!«, rufe ich.

Da macht mein Kater es sich auch schon auf seinem Lieblingsast bequem. Es ist derselbe, auf dem er gestern gelegen hat, genau über meinem allerliebsten Ast.

»Du hast die armen Vögel erschreckt!«

Er sieht kurz zu mir, miaut und streckt sich.

Neben mir fängt Mama an zu lachen. »Dein Kater sorgt für Ordnung im Garten. Das ist auch gut so«, sagt sie. »Und jetzt komm, Frühstück ist fertig.«

Im Flur duftet es lecker nach gebratenen Eiern und frisch gebackenen Brötchen.

»Mmh!«, mache ich und schnuppere durch die Luft. Als ich danach gähnen muss, drehe ich mich schnell zur Seite. Sonst kommt Mama noch auf die Idee, mich abends gar nicht mehr rauszulassen.

Wir sind schon fast in der Küche, als ich plötzlich ein lautes Motorengeräusch von draußen höre.

Mama lächelt. »Wir bekommen Besuch.«

»Tante Elly!«, rufe ich. »Warum hast du denn nichts gesagt?«

»Sie wusste noch nicht genau, ob sie es rechtzeitig schafft«, erklärt Mama.

Aber da laufe ich schon los, reiße die Haustür auf und stürme auf Tante Elly zu, die gerade von ihrem Motorrad steigt.

Sie setzt ihren Helm ab, lacht und sagt: »Guten Morgen, meine kleine Lieblingsvampirin.«

»Grrr«, mache ich, fletsche die Zähne und zeige stolz meinen Vampirzahn.

»Holy Moly! Ist der spitz geworden!« Tante Elly breitet die Arme aus. »Komm her.«

Nachdem wir uns ganz doll gedrückt haben, schiebt Tante Elly mich ein bisschen von sich weg und mustert mich von oben bis unten, so wie Mama das vorhin gemacht hat. »Grasflecken im Pyjama.« Sie grinst. »Kleiner nächtlicher Ausflug?«

»Ja, stell dir vor …«

Ich komme nicht dazu, Tante Elly alles zu erzählen, denn schon ruft Mama von drinnen: »Elly, Miri, wo bleibt ihr denn?«

»Besser wir gehen rein«, sagt Tante Elly. »Lass uns gleich in Ruhe reden.«

Ich nicke glücklich. Tante Elly ist nicht nur die beste Tante der Welt, sie ist Vampirin, genau wie ich.

»Wo ist denn Iggy?«, frage ich, als wir durch den Flur gehen.

»Mein Frettchen habe ich zu Hause gelassen, sonst hätte es bestimmt wieder Theater mit Langstrumpf gegeben«, antwortet Tante Elly.

»Er heißt jetzt Lancelot«, korrigiere ich. »Sir Lancelot.«

Tante Elly lacht laut. »Ach ja, stimmt ja. Ich fand den alten Namen allerdings irgendwie süßer.«

»Ihm hat er aber gar nicht gefallen«, erkläre ich. »Ein neues Halsband hat Lancelot auch. Ein richtig cooles mit grünen Steinen.«

»Das steht ihm bestimmt gut«, sagt Tante Elly.

»Es passt viel besser zu ihm als das pinke.« Ich schaue zum Tisch, den Mama mit vielen Leckereien gedeckt hat: Neben einer Pfanne voll mit Rührei entdecke ich Himbeermarmelade, Schokocreme und neben den Brötchen sogar Croissants. »Mmh, lecker! Können die

Sommerferien nicht für immer gehen?« Ich verziehe das Gesicht. »Am Montag muss ich wieder in die Schule. So ein Mist!«

»Na, zum Glück dauert es nicht lange, und dann hast du schon wieder Herbstferien«, sagt Mama und umarmt Tante Elly. »Guten Morgen, Schwesterherz.«

Wir machen es uns am Frühstückstisch gemütlich.

»Was machen deine Flugkünste, Miri?«, fragt Tante Elly.

»Super!«, sage ich. Dass ich jetzt Zickzack fliegen kann, weil uns gestern ein Bussard verfolgt hat, erzähle ich jetzt lieber nicht. Mama kippt aus den Latschen, wenn sie das hört.

»Und dein Kater ist immer bei dir?«

»Ja, er passt gut auf mich auf.« Ich deute mit dem Kopf zur Tür. »Da kommt er gerade.«

»Guten Morgen, Sir Lancelot, schickes Halsband«, sagt Tante Elly.

Lancelot miaut, bleibt stehen und schnuppert durch die Luft.

»Iggy habe ich nicht mitgebracht«, erklärt Tante Elly.

Ich kenne meinen Kater. Iggy hätte er sofort gewittert. Lancelot ist aus einem anderen Grund hier.

Und das weiß auch Mama. »Er liebt Rührei«, erklärt sie und schaut zu ihm runter. »Guten Morgen, der Herr.«

»Nicht ganz durchgebraten und ohne Pfeffer. Nur mit

einer kleinen Prise Salz«, ergänze ich. »Und obendrauf ein bisschen Petersilie.« Seitdem ich mich auf Katzisch mit meinem Kater unterhalten kann, weiß ich, was ihm besonders gut schmeckt. Er spricht unheimlich gern über Essen.

Lancelot streicht um Mamas Beine.

»Ist ja gut«, sagt Mama. »Du bekommst deine Portion. Aber erst, nachdem wir gefrühstückt haben.«

Neben mir fängt auch Tante Elly an zu lachen. »Ein richtiger Feinschmecker also. Pass auf, Miri, verwöhn ihn nicht zu sehr, sonst vergisst der gute Sir Lancelot irgendwann, dass er ein Kater ist, und möchte mit uns am Tisch sitzen.«

An der Sache ist was dran. Lancelot hat sich gestern erst über das Dosenfutter beschwert. Ich beobachte ihn dabei, wie er auf die Fensterbank springt. Dabei sehe ich auf dem Gartenzaun eine große Dohle sitzen. Und daneben steht ein Junge, der einen grauen Hoodie trägt, die Kapuze tief ins Gesicht gezogen. Er sieht aus wie der Junge, den Klara und ich letztens verfolgt haben. Die Dohle ist Rabia, da bin ich sicher. Das da draußen muss also Manolo sein.

Ich springe auf. »Bin gleich wieder da!«

So schnell ich kann, laufe ich ins Wohnzimmer und über die Terrasse nach draußen. »Hallo«, rufe ich und winke.

Doch da dreht Manolo sich um und düst davon – auf

seinem Skateboard. Die Dohle flattert ganz dicht über seinem Kopf.

Ich stelle mich auf die Zehenspitzen und schaue ihm hinterher. Da spüre ich etwas Flauschiges um meine Beine streichen. Mein Kater miaut. Schade, dass ich seine Sprache nur spreche, wenn die Sonne untergegangen ist. Aber immerhin versteht er mich.

»Da waren Manolo und Rabia«, sage ich.

Lancelot düst los.

»He, warte mal«, rufe ich.

Aber Lancelot reagiert nicht. Er springt über den Gartenzaun und verschwindet.

»Was ist los, Miri?« Tante Elly steht plötzlich hinter mir.

»Da eben war Manolo, der Junge, von dem ich dir letztens erzählt habe. Du weißt doch, die Fledermaus, die ich abends bei uns im Garten kennengelernt habe. Ich darf nicht wissen, wie er aussieht.« Ich runzele die Stirn. »Ich verstehe allerdings nicht, warum er dann in seiner Menschengestalt hier auftaucht.«

»Vielleicht will er sich wichtigmachen«, sagt Tante Elly.

Ich überlege einen Moment, schüttele aber schließlich den Kopf. »Nein, glaube ich nicht.«

Tante Elly lächelt verschmitzt. »Scheint dich aber brennend zu interessieren, wie er als Junge aussieht.«

»Jetzt nicht mehr«, sage ich. »Sein Vater erlaubt ihm nicht, sich zu zeigen. Außerdem ist er sauer auf mich wegen Klara.«

»Oh, das hört sich kompliziert an. Möchtest du darüber reden? Deine Mutter telefoniert gerade. Einen Moment Zeit haben wir noch.«

»Ja!«, sage ich erleichtert. »Ich weiß nämlich echt nicht, was ich machen soll.«

Tante Elly legt ihren Arm um meine Schultern. »Es gibt für jedes Problem eine Lösung. Und ich bin mir sicher, wir finden eine.«

4.

Lancelot, was ist denn mit dir passiert?

Als wir zum Haus zurückgehen, sieht Tante Elly sich um. »Wo ist denn dein Feinschmecker-Kater? Ist er nicht zu dir rausgekommen?«

»Ich glaube, der verfolgt Manolo und Rabia. Der Arme. Jetzt rennt er schon wieder rum. Dabei tun ihm von gestern noch die Pfoten weh.« Ich lächele schief. »Da mussten wir vor einem Bussard flüchten. Wir haben nämlich gedacht, der würde uns fressen.«

»Das ist so gut wie unmöglich«, erklärt Tante Elly. »Wir schmecken nicht.«

»Ich weiß, hat er auch gesagt. Er frisst lieber normale Mäuse.«

»Das meinte ich nicht, Miri. Wir sind keine wirklichen Fledermäuse. Durch unsere Adern fließt vampirisches Blut. Das ist Gift für Tiere. Sie fressen uns nicht, da sie spüren, dass ihnen das nicht bekommen würde. Der Bussard hätte dich sofort wieder ausgespuckt, das kannst du mir glauben.«

»Bah!« Der Gedanke ist gruselig. Aber es ist gut zu wissen. Dann wären wir also doch kein Bussardfutter geworden. Das muss ich unbedingt den anderen erzählen.

Tante Elly streicht mir über das Haar. »Wenn deine Mutter und ich befürchten müssten, dass du von irgendeinem Tier gefressen werden könntest, würden wir dich niemals nachts nach draußen lassen.«

Ein riesengroßer Stein plumpst mir vom Herzen. Angst hatte ich bisher zwar nicht. Aber den Gedanken, aufgefuttert zu werden, fand ich nicht gerade prickelnd.

»Aber warum darf ich dann nur in Begleitung meines Beschützers raus?«, frage ich.

»Du könntest dich zum Beispiel verletzen«, erklärt Tante Elly, »oder verirren.« Sie lächelt. »Außerdem bist du erst süße neun Jahre alt. Während du draußen durch die Nacht flatterst, schlafen andere Mädchen.«

»Fast zehn«, sage ich. »Aber ich fühle mich trotzdem wohler, wenn Lancelot in meiner Nähe ist.«

»Na siehst du, dann haben wir das ja jetzt geklärt. Davon mal ganz abgesehen, habe ich auch einen Beschützer. Es ist schön zu wissen, dass jemand auf mich aufpasst. Außerdem hat der Bussard euch in der Luft angegriffen. Das war gefährlich. Ihr hättet euch verletzen können. Ausgespuckt zu werden ist nicht gerade angenehm.« Tante Elly grinst. »Glaub mir, ich weiß, wovon ich spreche.«

Ich schaue meine Tante mit großen Augen an. »Du wärst schon mal fast gefressen worden? Von wem?«

Sie rollt mit den Augen. »Von einer Katze. Ich vermute, dass Iggy deinen Kater deswegen nicht ausstehen kann.«

»Krass! Wann? Wo? Wie?«

»Erzähl ich dir später«, sagt Tante Elly. »Jetzt rück erst mal raus mit der Sprache. Was bereitet dir Kummer?«

Ich erzähle Tante Elly den ganzen Schlamassel, den ich angerichtet habe. Sie hört aufmerksam zu. Schließlich sagt sie: »Das ist ja nicht so schön. Ich kann gut verstehen, dass es dir damit nicht gut geht. Aber ich schätze, du hast keine andere Möglichkeit, als zu warten. Und wenn Manolo wiederkommt, solltest du akzeptieren, dass er sich nicht zeigen darf. Dafür gibt es bestimmt einen wichtigen Grund.«

»Ich hoffe, er kommt noch mal«, sage ich.

»Das hoffe ich auch.« Tante Elly blickt mich an. »Geht es dir schon ein kleines bisschen besser? Mir hilft es immer, wenn ich mit jemandem über meine Probleme spreche.«

»Ja!«, sage ich und atme einmal tief durch.

»Dann lass uns jetzt erst mal zurück in die Küche gehen. Danach gehen wir hoch auf dein Zimmer. Ich müsste da noch ein paar vampirische Angelegenheiten mit dir besprechen.« Tante Elly lächelt geheimnisvoll. »Keine Angst, nur gute!«

Gute vampirische Angelegenheiten? Ich grinse glücklich. Das ist so was von aufregend!

In der Küche sitzt Mama am Tisch und telefoniert immer noch. Als sie uns zurückkommen sieht, beendet sie das Gespräch und sagt: »Das war meine Kollegin, Gitte. Sie hat gefragt, ob ich am Montag länger arbeiten kann, da sie einen wichtigen Arzttermin hat. Kommst du dann nach der Schule in die Bücherei, Miri?«

»Klar, kein Problem.«

Meine Mutter arbeitet als Bibliothekarin. Sie ist für die Erwachsenenbücher zuständig. Die für Kinder gibt es eine Etage drüber. Langweilig wird mir dort also nie.

»Gut, dann wäre das ja schon mal geklärt.« Mama hält mir den Korb mit Brötchen hin. »Wie heißt denn der Junge, der eben bei uns am Gartenzaun war? Ich habe ihn die letzten Tage schon ein paarmal hier in der Nähe gesehen, meistens auf seinem Skateboard.«

Mir klappt die Kinnlade runter. »Echt jetzt?«

Mama nickt. Und dann sagt sie: »Er besucht ab und an die Familie, die letzte Woche hier in dem frisch renovierten Haus eingezogen ist. Ich glaube, er ist mit einem der beiden Söhne befreundet.«

»Holy Moly!« Tante Elly pfeift durch ihre Zähne und wirft mir einen langen Blick zu.

Mir fehlen die Worte. Klara und ich haben stundenlang die Gegend abgeklappert. Und dabei hätten wir uns nur vor die Tür setzen und warten müssen. Das renovierte Haus liegt am Ende der Straße. Das heißt, dass Manolo auf jeden Fall hier vorbeigegangen sein muss!

»Wisst ihr was? Wir könnten später mal hingehen und der Familie ein Willkommensgeschenk bringen«, schlägt Mama vor. »Wir wollten doch heute sowieso noch Teilchen aus Quark-Öl-Teig backen. Was haltet ihr davon?«

Und wenn Manolo gerade bei seinem Freund ist? Dann redet er kein Wort mehr mit mir, weil er denkt, ich verfolge ihn. »Ich kann nicht«, erkläre ich schnell. »Ich gehe rüber zu Klara.«

Mama runzelt die Stirn und will gerade etwas sagen, kommt aber nicht dazu, denn Tante Elly ruft plötzlich laut: »Lancelot, was ist denn mit dir passiert?«

Ich habe gar nicht mitbekommen, dass mein Kater wieder zurück ist. Aber er steht direkt neben meinem Stuhl und sieht zu mir hoch.

»Ach du Sch…!«, rutscht es mir heraus, und ich halte mir schnell die Hand vor den Mund. Schlimme Schimpfwörter mag Mama gar nicht. »Holy Moly!« Irgendjemand hat Lancelots Schwanz pink angesprüht.

Mama streicht prüfend mit den Fingern durch Lancelots Fell. Dann atmet sie erleichtert aus. »Die Farbe ist auswaschbar, Miri. So wie die, die wir ab und zu benutzt haben, bevor du dir deine Strähne dauerhaft hast färben lassen.«

Meine Hand wandert automatisch zu meiner pinken Haarsträhne. »Der arme Sir Lancelot!« Ich stehe auf. »Komm, wir gehen ins Bad. Ich wasch dir das Zeug raus.«

Wir sind schon im Flur, da kann ich ganz genau hören, dass Tante Elly lacht. Aber ich finde das gar nicht lustig.

Ich liebe die Badewanne, Lancelot hasst sie. Überhaupt hasst er alles, was mit Wasser zu tun hat. Besonders, wenn

es kaltes ist. Bei Regen bleibt mein Kater lieber zu Hause. Dann liegt er faul auf der Fensterbank und beobachtet die Tropfen, die vom Himmel fallen.

»Dauert nicht lange, du hast es gleich geschafft.« Ich schäume Lancelot mit meiner Lieblings-Himbeer-Seife ein, dusche ihn ab und wickele ihn danach in ein großes Frotteehandtuch. Er lässt alles ohne Maunzen über sich ergehen. Auch, dass ich ihn ganz fest trocken rubbele.

Dann schüttelt Lancelot sich ein paarmal kräftig. Er sieht aus wie ein begossener Pudel, aber das behalte ich lieber für mich. Ich betrachte kritisch seinen Schwanz. »Ist alles ab.«

Ohne einen weiteren Mucks von sich zu geben, dreht mein Kater sich um und stolziert aus dem Bad.

»He, warte doch mal. Ich muss die Wanne noch sauber machen«, rufe ich.

Aber das interessiert Lancelot nicht. Er haut einfach ab.

Ich spüle schnell die pinken Spritzer weg und laufe Lancelot nach. Aus der Küche kommt mir Tante Elly entgegen. Sie trägt ein Tablett mit Frühstückssachen. »Du hast immer noch nicht gefrühstückt, Miri. Ich wollte dich gerade holen und mit dir in dein Zimmer gehen. Wir könnten uns dort ein bisschen über die Vampirsachen unterhalten.« Sie deutet mit dem Kopf auf ein Schüsselchen mit Rührei.

»Für Sir Lancelot gibt es auch was Leckeres, frisch gebraten, nicht ganz durch, nur mit einer Prise Salz.«

»Lancelot ist gerade abgehauen. Ich dachte, er sei vielleicht bei euch.«

»Nein«, sagt Tante Elly und zieht die Augenbrauen hoch.

»Dann ist er bestimmt nach draußen.« Ich seufze. »Der ist wahrscheinlich total sauer. Und es war auch nicht nett, dass du so gelacht hast. Das haben wir nämlich gehört.«

»Dein Kater sah einfach zu putzig aus mit seinem pinken Schwanz«, erklärt Tante Elly, als wir die Treppe hochgehen.

»Frag mal Iggy, wie ihm das gefallen würde«, sage ich.

»Er würde sich in Grund und Boden schämen«, gibt Tante Elly zu. »Du hast recht, Miri. Es tut mir leid. Ich werde mich gleich bei Lancelot entschuldigen.«

»Find ich gut. Vielleicht kommt er zurück, wenn er mitkriegt, dass das Rührei für ihn ist.«

5.

Dein Urgroßvater war Graf Vladimir Dracula

In meinem Zimmer öffne ich das Fenster und stelle das Schüsselchen aufs Fensterbrett, sodass Lancelot es sehen und riechen kann, falls er im Garten ist. Danach setze ich mich im Schneidersitz aufs Bett.

Tante Elly macht es sich mir gegenüber bequem. Das Tablett stellt sie zwischen uns. Ich nehme mir ein Marmeladenbrötchen und beiße hinein. »Aua …«

»Hab ich mir gedacht.« Tante Elly schnalzt mit der Zunge und lässt kurz ihre schneeweißen spitzen Vampirzähne aufblitzen. »Sie sind zu lang. Wenn du nicht aufpasst, bleibst du damit im Brötchen stecken und kannst dich am Zahnfleisch verletzen. Deswegen bin ich heute hier. Wir müssen unbedingt ein paar Sachen klären, bevor du am Montag wieder in die Schule gehst.«

»Vampirische Angelegenheiten«, sage ich und fühle mich dabei ungemein wichtig.

Tante Elly lächelt. »Genau. Du musst zum Beispiel lernen, deinen Zahn verschwinden zu lassen. Du hast mich mal gefragt, wie viele Vampire es in unserem Land gibt. Und ich habe dir geantwortet, dass es ein paar Tausend sind. Davon gehören dreihundert zu unserem Familienstamm. Das hört sich viel an. Aber das es ist es nicht, wenn man bedenkt, dass in Deutschland fast dreiundachtzig Millionen Menschen leben.« Tante Elly denkt einen Moment nach. »Wir sind nur ungefähr so viele wie ein paar klitzekleine Wassertropfen im großen Schwimmbecken des Freibades. Hier bei uns in der Stadt gibt es nur vier Familien, von denen ich weiß. Und da ist die von deinem Manolo schon mitgerechnet.«

»Das ist nicht *mein* Manolo!«, korrigiere ich meine Tante. Und dabei fällt mir ein, was er mir über seine Familie erzählt hat. »Sein Vater und seine Brüder sind Vampire, seine Mutter ist ein ganz normaler Mensch. Und er hat ganz komische Saugnäpfe an den Füßen. Damit kann er an glatten Flächen kleben, ohne runterzufallen. Seine Vorfahren kommen aus irgendeinem Land weiter weg. Aber ich hab den Namen vergessen.«

»Das hört sich nach den Myzypoda schliemanni an – einer Haftscheibenfledermaus, die in Madagaskar vorkommt«, überlegt Tante Elly laut. »Das ist eine Insel, die südöstlich vor Afrika liegt. Unsere Vorfahren kommen aus Rumänien. Deine Urgroßmutter Draculina wurde auf Schloss Bran geboren, in Transsilvanien. Sie freut sich übrigens, dich bald mal kennenzulernen.«

»Wie cool.« Ich klatsche vor Freude in die Hände. »Kommt sie uns besuchen? Wann denn?«

Tante Elly lächelt verschmitzt. »Da sie schon sehr alt ist und nicht mehr weit reisen kann, müssen wir wohl oder übel irgendwann nach Rumänien fahren.«

»Krass! Das ist ja irre. Das glaubt Klara mir nie! Ich freu mich schon auf ihr Gesicht, wenn ich ihr das gleich erzähle.«

»Miri, du bist ganz besonders«, sagt Tante Elly. Sie klingt auf einmal sehr ernst. »Und deswegen musst du aufpassen, dass wirklich niemand sonst davon erfährt, dass du eine Vampirin bist. Viele Menschen haben Angst vor Dingen, die sie nicht verstehen, weil sie anders sind. Vielleicht möchte Manolos Vater deswegen nicht, dass sein Sohn sich zeigt.«

Ich seufze. »Vampirin zu sein ist ganz schön kompliziert.«

»Ja, manchmal, da hast du recht.« Noch einmal zeigt Tante Elly mir ihre Vampirzähne. »Sie sind wunderschön. Und ich bin sehr stolz darauf. Aber im normalen Leben sorge ich dafür, dass sie nicht zu sehen sind. Ich möchte die Menschen nicht erschrecken.« Sie zwinkert mir zu und lässt die Beißerchen wieder verschwinden. »Außerdem kann man ohne die Dinger viel besser essen.«

»Wie machst du das?«, frage ich mit großen Augen.

»Einfach mit der Zunge schnalzen«, sagt Tante Elly und gibt auch gleich eine kleine Vorstellung. »Versuch es. Es ist ganz leicht. Du musst deine Zungenspitze hinten an deine Vorderzähne legen und dich damit richtig festsaugen. Und dann ziehst du die Zunge ganz schnell weg und schiebst gleichzeitig deinen Oberkiefer nach oben.«

»Ich weiß nicht ...« Ich fahre mit der Zunge über meinen wunderschönen Zahn. »Was, wenn er dann nicht wieder rauskommt?«

Tante Elly schüttelt den Kopf. »Unmöglich, du bist eine von uns. Den wirst du nicht wieder los. Also: Zunge anlegen, festsaugen, wegziehen und dabei den Oberkiefer nach oben schieben.«

»Okay.« Ich atme tief durch und halte mich ganz genau an Tante Ellys Anweisungen. Aber ich bekomme es nicht hin. Mein Schnalzen hört sich an, als würde ich schmatzen. Und mein Zahn ist auch noch da. »Ich kann das nicht«, sage ich geknickt.

»Quatsch mit Himbeersoße. Rede dir so was bloß nicht ein, niemals!«, schimpft Tante Elly. »Glaub immer an dich!

Du brauchst nur ein bisschen Übung. Und ... das hier ...« Sie lächelt geheimnisvoll, greift in ihre Hosentasche und hält mir kurz darauf die ausgestreckte Hand hin. In ihrer Handfläche liegt eine kleine, glänzende schwarze Kugel. »Nimm, sie ist für dich.«

Die Kugel glitzert geheimnisvoll in der Sonne, die durch das Fenster scheint, und sieht unbeschreiblich schön aus.

»Sie fühlt sich ganz warm und glatt an«, stelle ich fest, als ich sie mit meiner Hand umschließe.

»Ich habe sie aus Transsilvanien mitgebracht«, erklärt Tante Elly. »Als magischen Glücksbringer für dich. Sie soll dich immer daran erinnern, dass du ein ganz besonderer Mensch bist, ganz egal, ob als Vampirin oder als Mädchen.«

»Danke, Tante Elly.« Noch einmal betrachte ich meine kleine Glückskugel. Dann schließe ich die Augen, lege meine Zunge hinten an die Vorderzähne, sauge mich fest, lasse los und ... plopp!

»Holy Moly, das kribbelt ganz schön!« Ich springe auf, gehe rüber zum Spiegel an meinem Schrank und öffne ganz weit den Mund. Meine Zähne sehen ganz normal aus – und zwar alle! »Es hat funktioniert«, rufe ich. »Guck doch, Tante Elly!«

Tante Elly lacht. »Super, dann hol das Beißerchen wieder zurück!«

Das lass ich mir nicht zweimal sagen. Diesmal muss ich auch gar nicht mehr nachdenken, wie das Zungenschnalzen funktioniert. Ich mache es einfach. Und zwar gleich ein paarmal hintereinander. »Cool!« Ich öffne die Hand und bestaune die schwarze kleine Kugel. »Kann sie noch mehr?«

»Was meinst du?«

»Außer mir zu helfen, den Zahn verschwinden zu lassen«, sage ich – und schnalze gleich noch mal mit der Zunge.

Meine Tante lächelt mich an. »Das hast du ganz allein geschafft, Miri. Die Murmel sollte dich nur ein wenig ermutigen.«

»Murmel?«, rufe ich. »Dann hast du mich reingelegt?«

Tante Elly grinst schelmisch. »Sie hat dir geholfen, an dich zu glauben. Wenn du wieder mal meinst, dass du was nicht kannst, denk an die kleine Kugel. Und daran, dass du viel mehr schaffst, als du dir zutraust. Außerdem ist sie tatsächlich aus dem Land deiner Vorfahren. Ich habe sie im Innenhof von Schloss Bran gefunden.«

»Beim Schloss?« Ich halte die Murmel mit Daumen und Zeigefinger gegen das Sonnenlicht und entdecke viele bunte Sprenkel darin. Sie ist wunderschön.

»Und wenn sie doch magische Kräfte hat?«, frage ich. »Kann doch sein. Immerhin gibt es Vampire. Und an die glaubt eigentlich auch keiner.«

»Du hast recht. Man kann nie wissen.« Tante Elly klopft mit der flachen Hand auf die Matratze. »Das Brötchen wartet. Während du isst, erzähle ich dir von meinem Erlebnis mit der Katze.«

»Au ja!« Gespannt setze ich mich hin.

Da steckt Mama den Kopf zur Tür rein, um sich zu verabschieden. »Oh, das sieht gemütlich aus bei euch«, sagt sie. »Ich bin jetzt erst mal kurz beim Friseur. Den Besuch bei den neuen Nachbarn verschieben wir besser. Das wird mir heute doch zu knapp. Aber backen würde ich nachher trotzdem gern, Miri. Frag doch Klara, ob sie mitmachen möchte.«

»Okay«, stimme ich sofort zu. Dann setze ich mein allerliebstes Lächeln auf. »Darf ich vielleicht heute noch mal mit Klara im Luftschlösschen schlafen? Zum allerletzten Mal in den Ferien. Bitte ...«

»Na gut«, sagt Mama. »Ich bin in etwa zwei Stunden zurück. So lange bleibt Tante Elly bei dir. Nach dem Mittagessen kannst du dann rüber zu deiner Freundin. Ist das okay für dich?«

»Aber so was von! Tschüss, Mama.« Ich winke ihr und schaue wieder zu Tante Elly. »Meinst du, dass ich die anderen Vampire irgendwann mal kennenlerne?«

»Da bin ich mir ganz sicher. Sie sind alle schon sehr gespannt auf dich. Eine Neunjährige mit Vampirzahn hat es

noch nie in der Familie gegeben. Und außerdem kannst du die Sprache aller Tiere verstehen. Du bist also wirklich ganz besonders, Miri.«

Es fühlt sich gut an, wenn Tante Elly so etwas Nettes zu mir sagt. Ich bekomme ein schönes warmes Gefühl im Bauch und denke noch einmal an die anderen Vampire aus unserem Familienstamm.

»Du hast gesagt, dass wir nur ein paar Tropfen in einem großen Schwimmbecken sind. Aber ich finde, wir sind trotzdem ganz schön viele. Wie hießen eigentlich Urgroßmutter Draculinas Eltern? Hatte davon auch jemand vampirisches Blut?«

»Natürlich«, sagt Tante Elly. »Dein Ururgroßvater war Vladimir Dracula, ein Nachfahre von Graf Vlad Draculea, bekannt als Graf Dracula.«

Ich kichere los. »Jetzt veräppelst du mich aber, Tante Elly.«

»Nein«, sagt Tante Elly. »Das meine ich wirklich ernst.«

»Holy Moly!«, entfährt es mir.

Als ich ein paar Vögel aufgeregt zwitschern höre, laufe ich zum Fenster und schaue zu Lancelots Lieblingsast. Aber mein Kater ist noch nicht wieder da.

Wo steckt er nur?

6.

Darf ich mal in deinen Mund reinleuchten?

»Du errätst nie, was alles passiert ist«, rufe ich – und bleibe wie angewurzelt stehen. »Wie cool ist das denn?!«

Meine Freundin winkt zu mir herunter. Aber sie steht nicht in unserem Luftschlösschen, sondern auf einem kleinen Anbau davor. »Schön, oder? Hat mein Vater heute Morgen gebaut. Jetzt haben wir unsere eigene kleine Terrasse – mit Geländer, damit wir nicht runterfallen!«

»Mega!«

Ich nehme gleich zwei Treppensprossen auf einmal. Oben angekommen, falle ich Klara kurz um den Hals und sehe mich auf der Terrasse um. Es ist so viel Platz, dass sogar zwei Getränkekisten darauf passen. Klara hat knallrote Kissen daraufgelegt, damit wir es gemütlich haben, wenn wir uns draufsetzen. Dazwischen steht ein großer umgedrehter Blumenkübel, der als Tisch dienen soll.

»Jetzt können wir immer draußen auf unserer eigenen Terrasse sitzen und essen«, erklärt Klara.

»Voll schön!«, betone ich noch mal und umarme meine Freundin erneut. »Das ist wirklich eine tolle Überraschung.«

»Ich war schon ganz aufgeregt«, sagt Klara. »Beinahe wäre ich zu dir gekommen und hätte es dir verraten. Aber so war es viel besser. Du hättest eben mal dein Gesicht sehen sollen, als du die Terrasse entdeckt hast.«

Ich grinse breit. »Auf dein Gesicht bin ich jetzt mindestens genauso gespannt. Ich muss dir auch was zeigen. Und zwar in meinem Mund.«

»Muah! Sag bloß, du hast deinen zweiten Vampirzahn bekommen.«

»Guck selbst.« Ich öffne meinen Mund und zeige Klara meine extra frisch geputzten Zähne.

»Er ist weg!«, ruft sie und sieht mich ganz entsetzt an. »Das ist ja schrecklich. Wieso hast du so gute Laune? Freust du dich etwa darüber?«

»Warte ...« Ich schnalze mit der Zunge, grinse breit und mache »Grrrr«. Dabei entblöße ich meinen spitzen Vampirzahn.

Meine Freundin atmet erleichtert auf. »Puh, du hast mir ganz schön Angst gemacht. Ich dachte echt, dein Zahn ist weg.«

Ich schnalze noch mal mit der Zunge. »Jetzt ist er weg.«

Klara rückt mit dem Kopf ganz nah an meinen. »Mach noch mal! Lass ihn wieder wachsen.«

»Okay, pass auf!«

Klara beobachtet meine Vorführung ganz genau. »Noch mal bitte, lass ihn verschwinden.«

Nachdem ich das Ganze dreimal wiederholt habe, kratzt Klara sich am Kopf und fragt: »Wie funktioniert das?«

»Ganz einfach, ich schnalze mit der Zunge.«

Klara runzelt die Stirn. »Und wohin verschwindet der spitze Zahn dann? Und wo kommt der neue her?«

»Gute Frage.« Nun ziehe auch ich die Stirn in Falten. »Weiß ich gar nicht. Tante Elly hat mir nur gezeigt, wie es funktioniert.«

»Im Luftschlösschen liegt die Taschenlampe. Darf ich mal in deinen Mund reinleuchten?«

»Gute Idee!«

Nur ein paar Sekunden später liege ich lang ausgestreckt auf unserem Matratzenbett.

Klara kniet neben mir und knipst die Taschenlampe an. »Mach die Augen zu, falls ich aus Versehen in sie reinleuchte. Das wäre nicht gut.«

Meine Freundin ist echt klug. Es würde mich nicht wundern, wenn sie später Wissenschaftlerin werden würde.

Eine, die den Weltraum erforscht oder irgendetwas Wichtiges, Neues erfindet.

»Okay.« Ich schließe die Augen, wie Klara mir geraten hat, und öffne ganz weit meinen Mund.

»Da ist nur der ganze normale Zahn. Er sieht aus wie jeder andere. Kannst du noch mal wechseln?«, sagt Klara nach einer Weile.

Ich schnalze mit der Zunge und lasse sie auch meinen Vampirzahn untersuchen.

»Kannst die Augen wieder aufmachen.«

»Und?«

»Nix. Da ist nur der spitze Zahn. Und dein Zahnfleisch sieht auch ganz normal aus.« Klara reibt sich über die Nase. »Komisch. Eigentlich müssten da doch zwei Zähne sein.«

Die kleine schwarze Kugel fällt mir wieder ein. Sie liegt zu Hause auf meinem Nachttisch. »Vielleicht eine Art Magie. Immerhin kann ich mich auch in eine Fledermaus verwandeln. Und dann habe ich sogar Flügel.«

»Hast du's gut. Ich würde alles dafür geben, wenn ich das auch könnte. Ich beneide dich darum, echt!«, sagt Klara. Dann lächelt sie. »Aber ich finde es gut, dass wenigstens du es kannst.«

»Es wär toll, wenn wir beide Vampirinnen wären und gemeinsam ausflattern könnten. Aber hier mit dir zusammen im Luftschlösschen sein, ganz lange aufbleiben und quatschen, das ist auch schön!« Ich kreuze die Arme hinter dem Kopf und schaue mich im Luftschlösschen um. Dabei fällt mir auf, dass Klara etwas Neues an der Wand aufgehängt hat. »Das ist ja schön!« Ich zeige auf das Bild direkt über unserem Matratzenbett. Letztes Jahr haben Klaras Eltern mich in den Sommerferien mit an die Ostsee genommen. Das Foto haben wir am Strand gemacht: Klara und ich sitzen auf zwei großen, aufblasbaren Flamingos im Sand und lachen in die Kamera. Den Rahmen hat Klara mit Muscheln beklebt, die wir gesammelt haben. »Wann hast du das denn gemacht?«

»Gestern Abend. Mama hat mir beim Basteln geholfen. Ich finde, es passt perfekt hierhin.«

»Ja, voll!«

Klara legt sich neben mich auf die Matratze. Wir drehen uns zur Seite und gucken uns an.

»Das mit dem Zahn ist noch nicht alles«, sage ich. »Heute war ganz schön was los! Und gestern Abend auch. Welche Geschichte willst du zuerst hören? Die von Lancelot und dass jemand seinen Schwanz mit pinker Farbe eingesprüht hat? Oder lieber die von Lorelei, der kleinen Schwarzdrossel, die ich aus dem Brombeerbusch gerettet habe? Oder die über meine vampirische Verwandtschaft, die magische Kugel und dass mein Ururgroßvater Graf Vlad Dracula war?« Ich lege eine bedeutungsvolle Pause ein. »Oder die von Fred, dem Bussard, der Manolo und mich verfolgt hat?«

»Ist ja wohl so was von klar, was ich zuerst hören will! Fred, der Bussard!«, sagt Klara. Meine Freundin hört die ganze Zeit still zu. Sie unterbricht mich kein einziges Mal. Ich erzähle ihr alles. Auch, dass Manolo sauer auf mich ist.

»Wegen mir«, stellt Klara fest.

»Quatsch, du kannst doch nichts dafür, dass du meine beste Freundin bist.« Auf einmal fühlt sich alles gar nicht mehr so schlimm an. »Ich finde es gut, dass ich dir alles sagen kann.«

Klara nickt und sieht ganz ernst aus, als sie sagt: »Außerdem sind wir Schwestern im Herzen, die erzählen sich einfach alles.«

»Genau!« Ich grinse meine Freundin an. »Ich darf übrigens heute noch mal hier im Schlösschen übernachten, Schwester. Aber vorher backen wir mit meiner Mutter Quark-Öl-Teilchen. Hast du Lust?«

Klara umarmt mich. »Aber so was von!«

In der Küche hat Mama alles für uns vorbereitet.

»Fangt schon mal an«, sagt sie. »Ihr wisst ja, wo ihr die Zutaten findet. Das Rezept liegt auf dem Tisch. Am besten bereiten wir die doppelte Menge zu. Ihr wollt ja bestimmt für heute Abend was mitnehmen. Ich muss eben noch die Blumen gießen.«

»Okay«, sage ich, hole den Zettel und lese vor: »Mehl, Quark, Zucker, Eier, Öl, Backpulver, Vanillezucker.«

Klara sprintet sofort durch die Küche und sucht die Backzutaten zusammen. Da wir oft mit Mama hier backen, kennt meine Freundin sich gut aus. Ich hole eine große Schüssel. Wir waschen uns die Hände. Und dann legen wir auch schon los.

Als Mama zurück in die Küche kommt, steckt Klara mit beiden Händen im Teig. »Ist sofort fertig«, erklärt meine Freundin stolz.

Mama lächelt. »Das ist schön. Ich habe gedacht, dass wir heute mal zwei hübsche Zöpfe aus dem Teig flechten. Und den Rest dürft ihr so formen, wie ihr wollt.«

Und ich weiß auch schon, was!

»Herzen!«, sage ich. »Zwei Herzen auf einem Blech.«

Klara nickt glücklich. »Au ja!«

Mama klopft mit der flachen Hand auf die große runde Teigkugel, die Klara nun aus der Schüssel auf den Tisch kippt. »Fühlt sich gut an. Dann legen wir mal los. Ich zeige euch, wie man den perfekten Zopf formt. Miri, stellst du bitte den Ofen an?«

Eine halbe Stunde später sitzen Klara und ich im Schneidersitz vor dem Ofen. Wir beobachten unsere Backkunstwerke, die auf zwei Blechen liegen, langsam braun und dabei immer größer werden.

»Macht mehr Spaß als fernsehen«, stellt Klara fest.

Ich schnuppere durch die Luft. »Und riecht so lecker!«

Klara nickt. »Aber die Herzen sehen viel zu schön aus, um sie aufzufuttern.« Sie zeigt auf das Backblech. »Guck mal, sie sind an der einen Seite zusammengebacken. Voll schön!«

»Wenn ihr wollt, können wir beim nächsten Mal Herzen aus Salzteig backen«, schlägt Mama vor. »Der hält Ewigkeiten.«

»So wie unsere Freundschaft«, sage ich zu Klara.

Sie lächelt mich an. »Für immer und ewig!«

7.

Irgendjemand hat seine Ohren mit blauer Farbe angesprüht

Unsere Backkunstwerke stehen schon fertig gebacken auf dem Tisch, als Papa plötzlich in der Küche steht. »Mmh, das riecht aber lecker hier!«

»Papa!« Ich hopse an ihm hoch und falle ihm um den Hals. »Wir haben Herzen gebacken. Und perfekte Zöpfe!«

Papa lacht. »Da wart ihr aber fleißig, ihr beiden Zwergflusspferdpatentanten. Und ich auch, ich komme gerade aus dem Zoo.«

»Wie geht es Jamina?«, frage ich. »Und was machen Gerda und Gustav? Sind sie glücklich?«

Ein Lächeln breitet sich über Papas Gesicht aus, und ich weiß, dass alles gut ist.

Da sagt er auch schon: »Alle Tiere im Zoo sind wohlauf, auch und ganz besonders euer Zwergflusspferdbaby. Jamina hat ordentlich zugenommen.«

»Und Gerda? Die frisst, seit Gustav bei ihr ist, oder?«

»Ja«, sagt Papa und schmunzelt. »Die beiden sind schwer verliebt.« Er zwinkert mir zu. »Wo ist Mama? Muss mir irgendetwas Besonderes auffallen, wenn ich sie gleich sehe? Sie war doch beim Friseur.«

»Mama hat neue Strähnchen, aber sonst nur die Spitzen schneiden lassen«, verrate ich. »Sie ist kurz runter in den Keller, eine Kiste holen, mit der wir unsere Herzen transportieren können. Wir nehmen sie mit rüber zu Klara. Wir schlafen heute noch mal im Luftschlösschen.«

»Das ist schön«, sagt Papa und seufzt. »Ich brauche jetzt erst mal einen Kaffee. Heute war vielleicht ein Tag! Ich war gerade auf dem Weg zum Zoo, da rief mich die neue Nachbarin wegen eines Notfalls an. Irgendjemand hat ihrem Königspudel die Ohren mit blauer Farbe angesprüht. Das Frauchen hatte Sorgen, dass er was in die Augen bekommen hat. Es war aber zum Glück alles in Ordnung.« Papa schüttelt den Kopf. »Ich frage mich nur, wer so was macht.«

»Derjenige ist auf jeden Fall fies!«, sage ich. »Er hat nämlich Lancelots Schwanz angesprüht, und zwar pink!«

Eine steile Falte bildet sich zwischen Papas Augenbrauen. »Unmöglich so was!« Er schüttelt den Kopf. »Wie hat dein Kater es verkraftet?«

»Der ist beleidigt. Ich habe ihn seitdem nicht mehr gesehen«, erkläre ich. Dabei schießt mir auf einmal Manolo durch den Kopf. Mama hat vorhin gesagt, sie hat ihn schon öfter bei den neuen Nachbarn gesehen. Und Lancelot hat Manolo verfolgt, als er sich den pinken Schwanz eingefangen hat. Was, wenn Manolo der Tiersprayer ist?

»Komm mal mit«, sage ich leise zu Klara, als Papa an der Kaffeemaschine rumwerkelt.

Meine Freundin folgt mir in den Flur. »Was ist los?«

»Mama hat doch gesagt, dass sie Manolo schon ein paarmal bei den Nachbarn gesehen hat«, erkläre ich. »Vielleicht ist er ja gar nicht mit einem der Jungs dort befreundet, sondern hat einfach nur die Lage ausspioniert. Ist doch voll komisch, dass ausgerechnet zwei Tiere, in deren Nähe Manolo war, mit Farbe besprüht wurden.«

»Vielleicht hat er Lancelot aus Rache angesprüht«, überlegt Klara. »Weil du mir von ihm erzählt hast.«

Da kommt Mama mit der Kiste aus dem Keller. »Na, was flüstert ihr denn hier?«

»Wir haben überlegt, ob wir nicht vielleicht doch zu den neuen Nachbarn gehen, um einen Zopf vorbeizubringen«, sage ich ganz spontan.

Mama schüttelt den Kopf. »Tut mir leid, Miri, das wird mir heute zu viel.«

»Klara und ich könnten allein gehen!« Ich schaue zu meiner Freundin. »Oder, Klara?«

»Ja, gute Idee!«, stimmt sie sofort zu.

»Na schön«, sagt Mama. »Ich packe euch einen der beiden Zöpfe ein.«

»Und wie willst du rausbekommen, ob Manolo das war?«, fragt Klara, als Mama in der Küche bei Papa ist.

»Wir klingeln und fragen, ob er mit den Jungs befreundet ist«, antworte ich. »Wenn nicht, wissen wir, dass er nur wegen des Königspudels da war.«

Klara nickt. »Okay!«

Ich hatte mir echt felsenfest vorgenommen, nicht mehr nach Manolo zu suchen. Aber das war, bevor Lancelots Schwanz in einem grellen Pink angesprüht wurde.

»Irgendwie würde es passen, wenn hier auch eine Vampirfamilie wohnt. Ich fand ja schon immer, dass das Haus ein bisschen spooky aussieht«, sagt Klara.

Ich boxe sie ganz leicht in die Seite. »He, was soll das denn heißen? Ich bin auch eine Vampirin, und in meinem Zimmer sieht es ganz normal aus.«

»Stimmt«, sagt Klara und zeigt auf einen Busch im Garten. »Aber das ist schon irgendwie gespenstisch, oder? Sind das Knochen?«

Ich kneife die Augen zusammen und schaue ganz genau hin. »Nein, das sind kleine Stöcke. Und Steine. Irgendjemand hat sie weiß angemalt und an Schnüren an die Äste des Busches gebunden.«

»Spooky, sag ich doch.« Klara sieht mich an. »Traust du dich?«

»Ich weiß nicht«, sage ich unschlüssig.

Aber da drückt meine Freundin auch schon das Gartentor auf. »Komm!«

Auf einmal finde ich, dass Klara recht hat. Wir waren oft hier, als das Haus leer stand. Wir haben uns in den Garten geschlichen und Kirschen gemopst. Gespenstisch fand ich es nie.

Aber jetzt schon. Links und rechts des Weges hat irgendjemand jeweils zwei dicke, weiß angemalte Baumstämme in den Rasen gesteckt. Die Astlöcher sehen aus wie dunkle Augen, die einen angucken.

Direkt vor dem Haus wirkt allerdings alles wieder ganz normal. An der Tür hängt ein großes weißes Schild, auf dem in geschwungenen Buchstaben *Hier wohnt Familie Hansen* steht.

»Schau mal«, flüstert Klara und deutet mit dem Kopf zur Hauswand links neben der Tür.

»Ein Skateboard!« Ich straffe die Schultern und drücke mutig den Klingelknopf.

Wir hören laute Schritte, als würde jemand Treppenstufen runtertrampein. Und dann wird auch schon die Tür aufgerissen. Vor uns steht ein Junge mit blondem Haar, Sommersprossen und Brille auf der Nase.

Plötzlich weiß ich nicht mehr, was ich sagen soll. Und Klara sagt auch nichts.

Da taucht plötzlich ein hellgrauer Königspudel neben dem Jungen auf und wedelt uns freundlich an.

Ich finde endlich meine Sprache wieder. »Hallo«, sage ich und räuspere mich. »Das ist Klara, ich bin Mirella. Wir

wohnen auch hier in der Straße und wollten mal fragen, ob du mit Manolo befreundet bist.«

Der Junge schüttelt den Kopf – und schließt die Tür wieder.

»Wie nett«, sagt Klara und drückt noch mal den Klingelknopf.

Wir warten. Doch der Junge macht nicht mehr auf.

»Und jetzt?«, frage ich.

»Keine Ahnung«, sagt Klara.

Ich will gerade vorschlagen, dass wir wieder gehen, da bellt ein Hund ein paarmal hintereinander, und zwar ganz in unserer Nähe.

Wir drehen uns beide um. Klara greift nach meiner Hand. »Mist!«

Der Königspudel steht gar nicht weit von uns weg. Und er bellt immer noch.

»Aus!«, sage ich laut. »Benimm dich!« Von Papa habe ich gelernt, dass man keine Angst zeigen darf, wenn man Ärger mit einem Hund hat. Und dass man ruhig bleiben muss. »Sitz!«

»Wuff«, macht der Hund. Und dann setzt er sich.

»Braver Hund.«

Ich kann ganz genau hören, wie Klara neben mir erleichtert ausatmet. Und dass die Tür wieder aufgeht.

»Das ist sehr ungewöhnlich«, sagt eine Stimme hinter

uns. »Wie habt ihr das geschafft? Helmut hört sonst auf niemanden, nur auf meine Mutter. Und manchmal auch auf Ole, je nachdem, wie seine Laune ist.«

Ich drehe mich um. Es ist der blonde Junge. Und er sieht uns mit großen Augen durch seine Brille an.

»Mirella ist so was wie eine Tierflüsterin«, erklärt Klara.

Ich werfe meiner Freundin einen strengen Blick zu. Nicht, dass sie sich noch verplappert.

»Mein Vater ist Tierarzt«, erkläre ich schnell.

»Ah, deswegen.« Der Junge rückt sich seine Brille zurecht. »Ich bin Jasper.«

»Er kann sprechen und hat einen Namen, wer hätte das gedacht«, sagt Klara trocken.

»Entschuldigt bitte«, lenkt Jasper ein. »Aber als ihr euch soeben nach Manolo erkundigt habt, ist mir die Lust auf Konversation vergangen. Und es tut mir aufrichtig leid, falls Helmut euch erschreckt haben sollte. Ich habe nicht daran gedacht, dass die Terrassentür offen steht. Er hat sich heimlich davongemacht.«

Klara legt ihren Kopf schief. Ihre Stirn ist voller Falten. Ich weiß ganz genau, was sie denkt. Jasper ist ungefähr genauso alt wie wir. Aber er redet wie ein Erwachsener.

»Du kennst Manolo also doch?«, fragt sie. »Warum hast du das nicht gleich gesagt?«

»Ihr habt gefragt, ob ich mit ihm befreundet bin – nicht, ob ich ihn kenne. Ersteres kann ich verneinen, das Zweite nicht. Ja, ich kenne Manolo. Er ist mit meinem Bruder Ole befreundet.«

»Ach so!«, sagt Klara. »Und du kannst Manolo nicht leiden. Dir ist die Lust auf eine Unterhaltung mit uns vergangen, als wir nach ihm gefragt haben. Hast du selbst gesagt.«

Jasper denkt einen Moment nach, bevor er erklärt: »So würde ich das nicht nennen. Wir haben da lediglich so unsere Differenzen.«

»Weil er Helmuts Ohren mit blauer Farbe besprüht hat?«, fragt Klara ganz direkt.

Jasper schüttelt den Kopf. »Unsinn, auf so eine Idee würde Manolo nie kommen. Er mag Helmut.«

Helmut! Den hatte ich total vergessen. Ich drehe mich zu dem Königspudel. Er sitzt immer noch brav auf dem Weg und sieht zu uns. »Er beißt nicht, oder?«

»Bisher nicht«, sagt Jasper. »Aber es ist ein Tier. Du als Tierarzttochter müsstest eigentlich wissen, dass man bei so einer Aussage vorsichtig sein sollte.«

»Ja klar.« Ich lächele Jasper an. Er ist zwar schräg, aber aus irgendeinem Grund mag ich ihn. »Ich würde Helmut trotzdem gern mal zu uns rufen.«

»Nur zu. Tu dir keinen Zwang an. Ich kann es zwar nicht hundertprozentig zusichern, aber ich gehe davon aus, dass er euch nicht beißt. Er hat überhaupt bisher noch nie jemanden gebissen.«

Das habe ich mir gedacht. »Helmut!«, rufe ich mit zuckersüßer Stimme. »Komm mal her, du Schöner.«

Der Pudel reagiert sofort. Er kommt wie der Blitz angedüst, stoppt kurz vor uns und wackelt mit dem ganzen Körper vor Freude.

»Darf ich ihn streicheln?«, fragt Klara.

Jasper nickt. »Hinter den Ohren hat Helmut es am liebsten.«

»Wie mein Kater«, sage ich. »Der übrigens heute auch mit einem pink angesprühten Schwanz nach Hause kam. Und das fand er gar nicht lustig.«

»Oh«, macht Jasper. »Das tut mir leid.«

»Du hast keine Ahnung, wer das gewesen sein könnte?«, hake ich nach.

Klara ist zu sehr mit dem Streicheln beschäftigt – sie bekommt nicht mit, dass Jasper nun auf den Boden sieht, so, als wäre er verlegen. Er weiß was, da bin ich mir ganz sicher. Ob er vielleicht sogar selbst zum Farbspray gegriffen hat? Vielleicht, weil Helmut nicht auf ihn hört?

Ich komme nicht mehr dazu, weitere Fragen zu stellen. Denn ganz plötzlich hat Jasper es verdammt eilig.

»Leider muss ich mich jetzt verabschieden«, sagt er. »Ich habe noch einen wichtigen Termin, auf den ich mich vorbereiten muss.« Er sieht zu dem Königspudel. »Kommst du bitte, Helmut?«

Ich beiße mir auf die Unterlippe, damit ich nicht anfange zu lachen. Der gute Helmut interessiert sich null die Bohne für Jasper! Er ist viel zu sehr damit beschäftigt, sich von Klara streicheln zu lassen.

Aber weil Jasper mir leidtut, sage ich schließlich: »Du musst strenger klingen, sonst reagiert er nicht. Und lauter.«

Jasper guckt erst komisch, nickt dann aber und sagt: »Komm, Helmut!«

Es funktioniert. Der Hund schaut auf und trottet dann schwanzwedelnd zu Jasper.

»Weißt du was?«, sage ich spontan. »Klara und ich, wir wohnen ganz hier in der Nähe. Wenn du mal Lust hast, was zu unternehmen, sag einfach Bescheid.« Ich sehe zu meiner Freundin. »Oder, Klara?«

»Ja, unbedingt!«, stimmt sie sofort zu.

Ein kleines Lächeln huscht über Jaspers Gesicht. Und dann sagt er: »Ich schau mal in meinem Terminkalender nach, ob man da was machen kann.«

8.

Wir ticken eben absolut gleich

Wir sind schon fast am Gartentor, da fällt mir auf, dass ich den Zopf nicht abgegeben habe. Wir drehen um und wollen gerade noch mal klingeln, da hören wir, dass jemand im Haus anfängt, auf einer Geige zu spielen.

»Wow!«, sage ich. »Meinst du, das ist Jasper?«

Klara nickt. »Und der macht das richtig gut! Ich hatte ja auch mal Unterricht. Weißt du noch? Ich fand's megaschwer und habe wieder aufgehört.«

»Dafür spielst du jetzt Klavier. Ich kann gar kein Instrument spielen.«

»Du kannst fliegen«, erwidert Klara. »Das ist noch besser.«

Wir stehen eine Weile da und lauschen. Erst als es im Haus still ist, klingeln wir.

Jasper öffnet uns noch einmal die Tür. Diesmal hält er einen Bogen in seiner Hand.

»Du spielst richtig gut!«, sagt Klara.

Jasper wird ein bisschen rot. »Danke.«

Ich halte ihm den Zopf hin. »Haben wir total vergessen. Der ist für euch. Willkommen in der Nachbarschaft.«

»Oh. Sehr aufmerksam von euch. Herzlichen Dank!«

»Voll der schräge Typ, der Jasper«, sagt Klara, nachdem wir das Gartentor hinter uns zugezogen haben. »Aber irgendwie mag ich ihn.«

Wir ticken eben absolut gleich. »Geht mir auch so.« Ich grinse. »Mal schauen, ob sein Terminkalender ihm irgendwann ein Treffen mit uns erlaubt.«

»Fände ich witzig.« Klara lacht. »Wie kann man seinen Pudel nur auf den Namen Helmut taufen?«

»Mein Kater hieß mal Langstrumpf, das war auch nicht besser«, sage ich.

Klara kichert. »Und jetzt ist er ein Sir. Und du bist eine Mademoiselle.«

Ich werde wieder ernst. »Und was sagst du zu der Sache mit dem pinken Schwanz und den blauen Ohren? Ich glaube jetzt doch nicht mehr, dass es Manolo war. Der ist mit Ole befreundet. Und Jasper hat gesagt, Manolo würde so was nie machen.«

»Glaub ich eigentlich auch nicht«, sagt Klara. »Gut, dass

er nicht da war. Der wäre sonst bestimmt noch saurer auf dich geworden, als er eh schon ist.«

Ich schnalze mit der Zunge. »Zu doof, dass ich mich erst abends in eine Fledermaus verwandeln kann. Sonst könnte ich Helmut einfach fragen, wer ihm das angetan hat.«

Neben mir fängt Klara an zu lachen.

»Was ist?«

»Fühl mal mit deiner Zunge über deinen Zahn.«

»Oh. Mein Vampirzahn ist rausgekommen. Hab ich gar nicht bemerkt.«

Du hast mit der Zunge geschnalzt, als du dich eben geärgert hast«, erklärt Klara. »Du musst besser darauf achten.«

Ich lasse mein Beißerchen wieder verschwinden. »Gut, dass du auf mich aufpasst.«

»Aber gerne doch.«

»Ich bin gespannt, was Lancelot nachher berichtet. Er müsste den Übeltäter doch gesehen haben.« Ich lächele. »Übrigens würden die sich wahrscheinlich blendend verstehen. Lancelot und Jasper, meine ich. Die reden beide so geschwollen daher.«

»Vielleicht ist Jasper ja ein Erwachsener, der sich in ein Kind verwandeln kann«, feixt Klara.

»Ja nee, is' klar!«

Meine Freundin schielt zu mir rüber. »Woher willst du wissen, dass es nicht so ist? Du kannst dich doch auch verwandeln. Es würde mich nicht wundern, wenn es noch mehr unerklärliche Dinge auf dieser Welt gibt. Zauberer zum Beispiel, Meerjungfrauen, Feen, Elfen ... Oder denk an das Märchen vom Froschkönig. Da wird ein Tier zu einem Prinzen in Menschengestalt.«

»An Frösche, die sich in Prinzen verwandeln, glaube ich nicht«, erkläre ich. »Aber Feen gibt es wirklich. Die Zahnfee zum Beispiel.«

Klara knufft mich in die Seite. »Jetzt mal ernsthaft, Miri.«

»Okay, ganz ehrlich: An Meerjungfrauen glaube ich nicht. An Elfen auch nicht. Bei Feen bin ich mir nicht sicher. Aber mir gefällt der Gedanke, dass es gute Wesen gibt, die Wünsche erfüllen.«

»Wenn ich mir was aussuchen könnte, dann würde ich mir wünschen, auch eine Vampirin zu sein«, sagt Klara. »Schade, dass ich nicht wenigstens Katzisch kann. Ich würde zu gern wissen, wie Lancelot sich anhört, wenn er spricht.«

»Könntest du mir eventuell ein paar dieser leckeren Stäbchen organisieren, die deine Mutter manchmal in der Pfanne brät? Die, die so herrlich nach Fisch duften.

Das wäre formidable, Mademoiselle Flederella«, ahme ich meinen Kater nach.

Klara lacht und hakt sich bei mir unter. »Das ist eine gute Idee. Wir braten uns zum Abendessen Fischstäbchen und machen uns damit Burger!«

»Au ja, mit Ketchup, Mayo, Salat, Tomaten und Gurken. Und am besten machen wir direkt ein paar mehr. Vielleicht kommt Lancelot uns besuchen. Er kann ja nicht auf immer und ewig schmollen. Ich kann nichts dafür, dass er sich einen schrillen Schwanz eingefangen hat.«

»Wenn du dich in eine Fledermaus verwandelst, müsste er eigentlich auftauchen. Er ist doch Sir Lancelot, Ritter und Beschützer der Vampirin Mirella.«

»Du hast recht, Klara! Ich verwandele mich und flattere ein paar Runden durch euren Garten. Dann kommt er bestimmt. Oder wir ködern ihn einfach mit den Fischstäbchen. Da kann er ganz bestimmt nicht widerstehen.«

9.

Achtung, hier kommt Frau Eule

Die Burger sind megalecker.

»Hier auf der Terrasse schmecken sie noch viel besser als sonst«, stellt Klara fest.

»Finde ich auch.« Ich beiße in die zwei Toastscheiben, zwischen die ich drei Fischstäbchen und das Salatzeug gequetscht habe. Dabei tropft etwas Ketchup auf meinen Teller.

Auch Klara kleckert vor sich hin. Sie schleckt über ihren Finger, der voller Mayo ist. »Gibst du mir mal den feuchten Waschlappen?«

Wir haben an alles gedacht – sogar daran, dass wir keine Lust haben werden, nach dem Essen zum Händewaschen ins Haus zu gehen. Deswegen haben wir eine Schüssel mit warmem Wasser organisiert. Es riecht nach Himbeere. Das ist auch Klaras Lieblingsduft.

Als ich ihr den Lappen gebe, fällt mir Lancelot wieder

ein und dass ich seinen Schwanz vorhin auch mit Himbeerschaum gewaschen habe. Dass der Kater noch nicht da ist, wundert mich schon sehr. Die vier Fischstäbchen, die auf einem Extrateller auf ihn warten, würde er sich normalerweise niemals freiwillig entgehen lassen.

»Halb acht«, sage ich. »Heute geht die Sonne um zwanzig nach neun unter.« Das hat Tante Elly mir vorhin gesagt. »Wenn Lancelot bis dahin nicht da ist, mach ich mir echt Sorgen. Nicht, dass noch was anderes passiert ist.«

»Ach, der wird schon kommen. Aber weißt du, was echt gut ist an der Sache mit der Sonne?«

»Was denn?«

»Sie geht jeden Tag ein bisschen früher unter. Im Winter ist es manchmal schon um halb fünf dunkel. Dann kannst du viel länger am Tag Fledermaus sein und die Sprache der Tiere verstehen.«

»Daran habe ich noch gar nicht gedacht. Das ist gut!« Ich beiße noch mal von meinem Fischstäbchen-Toast-Burger ab und schiele dabei auf den Teller, der neben der Tür auf dem Boden steht. Aber Lancelot lässt sich immer noch nicht blicken.

Nach dem Essen setzen wir uns an den Rand der Terrasse und lassen unsere Beine baumeln. Wir reden diesmal nicht über Vampirkram, sondern über die Schule, die am Montag wieder anfängt. Über die geplante Klassenfahrt an die Nordsee, auf die wir uns schon wahnsinnig freuen. Und darüber, dass wir nach der vierten in die fünfte wechseln müssen und unbedingt wieder in dieselbe Klasse gehen wollen.

»Dann haben wir noch mehr Englisch – und Französisch lernen wir auch«, sagt Klara.

Prompt kommt mir Lancelot wieder in den Sinn. Der Teller steht immer noch unberührt neben der Tür. Ich schaue auf meine Uhr und stelle überrascht fest, dass wir schon halb zehn haben. So geht es mir immer mit Klara. Mit ihr vergeht die Zeit immer viel zu schnell.

»Die Sonne ist schon untergegangen«, sage ich.

»Mach schon!«, fordert Klara mich auf. »Verwandele dich und flattere ein paar Runden durch den Garten. Ich bleibe hier oben sitzen und pass auf, dass meine Eltern nicht kommen.«

Zum Verwandeln brauche ich meinen Umhang. Und der liegt in meiner grünen Samtkiste, die ich im Luftschlösschen stehen habe. Ich stehe auf, komme aber nicht weit. Aus den Augenwinkeln sehe ich so gerade noch ein braunes Etwas, das durch die Luft auf uns zugeschossen kommt.

»Achtung, hier kommt Frau Eule!«, brüllt das braune Etwas.

Und dann ist es auch schon geschehen. Frau Eule fliegt volle Lotte in Klara hinein. Meine Freundin quietscht laut auf. Und dann liegen beide da wie ein großes Wollknäuel.

Ich laufe schnell zu ihnen hin.

»Autsch!«, murmelt Klara.

»Hast du dir wehgetan?«

Zum Glück schüttelt Klara den Kopf und richtet sich auf. »Ich glaube, ich habe mich nur erschreckt.«

»Was ist mit Ihnen, Frau Eule?«

Die Arme liegt auf dem Rücken, die Flügel weit ausgebreitet, die Augen geschlossen. Ich streiche ihr über den Bauch. »Frau Eule. Hallo?«

Endlich blinzelt sie und öffnet ihre Augen. »Ach herrje, da habe ich mich aber in der Entfernung verschätzt.«

»Tut Ihnen irgendwas weh?«, frage ich.

Frau Eule schüttelt den Kopf. »Aber würdest du mir vielleicht aufhelfen?«

»Natürlich!« Ich hebe sie vorsichtig hoch und setze sie auf unseren Blumenkübeltisch.

Frau Eule blinzelt noch ein paarmal. Dabei entdeckt sie Klara. »Guten Abend, ich bin Frau Eule«, sagt sie zu ihr. »Es tut mir leid, dass ich sozusagen auf dir gelandet bin. Ich hoffe, dass ich dich nicht verletzt habe.«

»Das ist Klara, meine Freundin«, erkläre ich. »Sie kann Sie nicht verstehen.«

Klara sitzt immer noch auf ihrem Hinterteil auf dem Boden und sieht mich mit großen Augen an. »Du sprichst mit der Eule? Was hat sie gesagt?«

»Dass es ihr leidtut, dass sie auf dir gelandet ist.«

»Nicht schlimm«, sagt Klara. »Guten Abend, Frau Eule.«

»Sag bloß, ich bin auf einem Menschenmädchen gelandet?« Frau Eule ruckelt mit dem Kopf ein paarmal vor und zurück. »Ich habe wirklich schon bessere Tage gesehen. Ich werde tatsächlich alt. Und dabei wären wir auch gleich beim Thema.« Sie seufzt wehleidig. »Mein Augen-

licht wird immer schlechter. Der Kater hat mir empfohlen, bei dir Rat zu suchen. Er sagt, du könntest mir vielleicht helfen.«

»Lancelot?«, frage ich.

Die Eule nickt. »So heißt er wohl. Der freundliche, gut aussehende Kater, der immer unter dir herrennt, wenn du deine Runden als Fledermaus drehst.«

»Oh, merci, Madame. Danke für das Kompliment.«

Ich schaue nach oben. »Lancelot!« Er liegt auf dem Luftschlösschendach und leckt sich die Pfote. »Du bist auch hier!«

»Natürlich, Mademoiselle Flederella, die Sonne ist bereits untergegangen, wie du ja selbst bemerkt haben müsstest. Denn du kannst mich verstehen. Und Frau Eule auch. Die nette Dame hat ein Problem mit ihren Augen. Ich habe ihr geraten, sich an dich zu wenden, die Retterin der Tiere.«

»Kannst du mir helfen, Klara?«, frage ich.

Meine Freundin rappelt sich sofort auf. »Mach ich gern. Wie denn?«

»Wir müssen Frau Eules Augen untersuchen. Dafür brauchen wir helles Licht, aber keine Taschenlampe, am besten so was wie eine Laterne. Und eine Lupe. Eine Lupe wäre perfekt.«

»Ich habe eine im Insektenbeobachtungskasten. Und

eine Lampe finde ich auch.« Klara macht sich sofort auf den Weg ins Haus. »Bin gleich wieder da.«

»Sie holt eine Lupe«, erkläre ich meinen beiden tierischen Freunden.

»Ach so, eine Lupe«, sagt Frau Eule. »Und was ist das?«

»Damit kann man kleine Dinge vergrößern und sie so besser sehen«, erkläre ich.

»Ah, sehr interessant. Dann wäre mein Problem ja bald gelöst.« Frau Eule legt den Kopf schief. »Und die Lupe stört nicht beim Fliegen?«

Oben auf dem Dach fängt Lancelot an zu niesen. Schließlich räuspert er sich und erklärt: »Ich gehe schwer davon aus, dass die beiden Mädchen damit Ihre Augen untersuchen wollen, Madame Eule. Fliegen sollen Sie damit nicht. Dafür bräuchten Sie zwei Gläser, die Sie auf Ihren Schnabel setzen müssten. Die Menschen nennen es Brille.«

»Das stimmt, das hast du sehr gut erklärt, Lancelot.« Ich lächele meinen Kater an. »Wo warst du denn die ganze Zeit? Ich hab dich vermisst.«

»Damit beschäftigt, den schrecklichen Geruch loszuwerden, den du mir angetan hast«, antwortet Lancelot. »Ich bin durch Felder gestreift, in einem Fluss baden gegangen und habe mich Ewigkeiten auf einer Wiese gewälzt.« Er schnuppert an seinem Fell. »Jetzt rieche ich endlich wieder wie ein normaler Kater.«

»Oh«, sage ich. »Du magst also meine Himbeerseife nicht.«

»Non! Das heißt, nein, chérie. Sie riecht nach Menschenmädchen. Ich jedoch bin ein Kater mit Beschützeraufgabe. Falls du irgendwann noch mal auf die Idee kommen solltest, mich in die Wanne zu stecken und abzuduschen, wähle bitte ein Schaumbad, das besser duftet. Nach Fisch aus der Dose zum Beispiel.«

»So was gibt es nicht. Außerdem willst du doch bestimmt nicht, dass alle denken, dass du ein Fisch auf vier Beinen bist«, sage ich. »Aber Papa hat eine Seife, die nach gar nichts riecht und trotzdem sauber macht. Die könnten wir mal versuchen.«

»Darauf könnte ich mich unter Umständen einlassen. Ich hoffe allerdings, dass das so schnell nicht wieder geschehen wird.« Lancelot stellt seinen Schwanz hoch in die Luft, betrachtet ihn und seufzt. »In Zukunft werde ich besser aufpassen.«

»Wer hat dir das eigentlich angetan?«, frage ich.

»Es ist mir sehr peinlich, das zuzugeben, aber ich weiß es nicht, Mademoiselle Flederella. Der Schurke hat mich von der Seite erwischt. Er hatte sich in einem Gebüsch versteckt. Ich hörte ein lautes Zischen und sah zu, dass ich Land gewann. Erst dann ist mir die grässliche Farbe meines Schwanzes aufgefallen.«

Armer Sir Lancelot.

»Und wo ist das passiert?«, frage ich.

»In dem kleinen Park, Mademoiselle Mirella«, antwortet er. »Kurz vor der Brücke, die über den Bach führt. Ich war zu sehr darauf konzentriert, deinem vampirischen Freund und seiner Dohle zu folgen. Ich hatte sie aus den Augen verloren und gerade wiederentdeckt, als das Farbattentat geschah.«

»Kann es Manolo gewesen sein?«, hake ich nach.

»Impossible – unmöglich«, erklärt Lancelot. »Ihn hatte ich im Blick. Er befand sich gut zweihundert Meter vor mir.«

»Gut!« Erleichtert atme ich auf.

Da meldet sich Frau Eule zu Wort: »Es passieren merkwürdige Dinge diese Tage, Herr Lancelot. Ich habe im Park auch schon andere Tiere mit farblichen Markierungen gesehen. Erst letztens lief mir ein Eichhörnchen mit einem grünen Schwanz über den Weg. Und kurz darauf habe ich rote Mäuse gesehen.« Sie räuspert sich. »Ich gehe zumindest davon aus, dass es Mäuse waren. Wie Sie wissen, funktionieren meine Augen nicht mehr einwandfrei.«

»Dann treibt der Schurke sein Unwesen also im Park.« Lancelot hebt seine rechte Pfote und fährt seine Krallen aus. »Irgendjemand muss ihn daran hindern.«

»Ich hab sie!«, ruft Klara in dem Moment und kommt freudestrahlend die Leiter hochgeklettert.

»Wir beide werden uns darum kümmern, Klara und ich«, verspreche ich meinen tierischen Freunden.

»Ja, unbedingt! Wir kümmern uns.« Klara hebt die Lupe hoch. »Sie hat eine zehnfache Vergrößerung. Damit können wir auf jeden Fall mehr sehen. Und eine Campinglampe habe ich auch mitgebracht. Die ist schön hell.«

»Ich meinte nicht, dass wir uns jetzt um Frau Eules Augen kümmern, sondern um den Typen, der Tiere mit Farbe ansprüht. Pass auf ...« Ich erzähle Klara schnell, was ich eben erfahren habe.

»Den fiesen Kerl finden wir!«, sagt meine Freundin mit wichtiger Stimme. »Das kannst du den beiden versprechen. Und jetzt untersuchen wir Frau Eule.« Klara hält die Lampe hoch.

Frau Eule sitzt vor mir und sieht mich mit ihren großen gelben Augen fragend an.

Ich gehe mit der Lupe ganz nah ran. »Oh, ich glaube, ich sehe was, Klara, unten an den Augenlidern.« Ich schaue noch einmal ganz genau hin. »Sie sind ein bisschen rot.«

»Vielleicht sind sie entzündet«, sagt Klara. »Zeig mal.« Sie nimmt die Lupe, sieht hindurch und zieht dabei die Stirn in Falten. »Unten sehen die gelben Augen ein bisschen trüb aus, so als würde etwas Milch darauf schwimmen.«

»Jucken Ihre Augen, Frau Eule?«, frage ich.

Frau Eule legt den Kopf schief. Das macht sie immer,

wenn sie über etwas nachdenkt. »Ich blinzele häufig, das hilft«, antwortet sie schließlich.

»Dann hast du recht«, sage ich zu Klara. »Sie sind bestimmt entzündet. Dagegen hilft eine Salbe, die Papa manchmal den Tieren in die Augen schmiert.«

»Ich hatte auch schon mal eine Augenentzündung, mir haben Tropfen geholfen. Soll ich mal nachsehen, ob wir die noch haben? Mama bewahrt sie im Badezimmer in einer Schublade auf.« Klara wartet meine Antwort gar nicht ab, sie saust die Leiter vom Baumhaus runter und rennt sofort los.

»Meine Freundin holt Medizin für Sie, Frau Eule«, erkläre ich.

Lancelot rümpft die Nase. »Ich bin mir nicht sicher, ob das eine gute Idee ist, Flederella.«

So ganz sicher bin ich mir da auch nicht. Ich setze mich auf die Matratze und seufze tief. »Frau Eule braucht aber unbedingt ein Medikament! Der kleinen Schwarzdrossel haben wir gestern doch auch geholfen, Lancelot. Und Mama hat nicht deswegen mit mir geschimpft. Sie hat gelächelt, als ich ihr davon erzählt habe.«

Frau Eule blinzelt ein paarmal mit den Augen. »Ich hätte nichts gegen ein Medikament. Als Eule muss ich gut sehen können.« Sie gluckst. »Sonst lande ich irgendwann noch auf Ihnen, Herr Lancelot.«

Mein Kater niest ein paarmal, bevor er erklärt: »Zum Glück verfüge ich über gute Speckpolster, Madame.«

Die beiden scheinen sich ja gut zu verstehen. Witze macht Lancelot sonst nie über sich, nur über andere.

Frau Eule gluckst, und Lancelot niest, als Klara wieder ins Schlösschen kommt.

»Alles in Ordnung?«, fragt sie.

»Die beiden lachen«, erkläre ich meiner Freundin.

»Oh Mann, Miri, das ist so was von schräg! Wenn ich morgen aufwache, dann denke ich bestimmt, ich hab das alles geträumt.«

»Dann fragst du mich, und ich sage dir, dass es alles wirklich passiert ist.«

Klara nickt und hält ein kleines Fläschchen hoch. »Die Augentropfen.«

»Makritz-Tropfen«, lese ich laut vor. »Klara hat die Medizin geholt, Frau Eule. Am besten wäre, wenn Sie sich auf die Matratze legen könnten«, schlage ich vor. »Dann können wir Sie sofort behandeln.«

»Du klingst wie eine Tierärztin«, flüstert Klara neben mir und gibt mir das kleine Fläschchen. »Ich habe auf dem Zettel in der Packung nachgelesen. Pro Auge drei Tropfen - bei Menschen.«

»Einer reicht«, entscheide ich. »Bereit, Frau Eule?«

Es ist gar nicht so leicht, die Hand still zu halten und genau das Auge zu treffen. Aber ich schaffe es. Der Tropfen fällt ganz genau ins linke Auge. Frau Eule blinzelt überrascht, hält aber tapfer durch und lässt auch ihr rechtes Auge von mir behandeln.

»Sag ihr, sie muss einen Moment so liegen bleiben, damit die Medizin nicht wieder rausläuft.«

Es ist ein wenig anstrengend, immer alles den anderen erklären zu müssen. Echt schade, dass Klara nicht auch die Sprache der Tiere verstehen kann. Es wäre so viel einfacher! Aber ich bin froh, dass wir uns alle so gut verstehen. Und dass wir so viel Spaß miteinander haben.

»Es ist sehr bequem hier«, sagt Frau Eule. »Nun kann ich verstehen, dass Sie mit Vorliebe im Nest der kleinen Vampirin schlafen, Herr Lancelot.«

Mein Kater fängt an zu niesen. Und auch ich pruste los.

»Was ist?«, ruft Klara. »Warum lacht ihr so?«

»Weil Frau Eule denkt, dass unsere Betten Nester sind.«

Klara legt den Kopf leicht schief. »So ganz unrecht hat sie da ja nicht.«

»So ein lustiger Haufen!«, sagt Frau Eule. Da grummelt plötzlich ihr Bauch laut. »Oh, das war meine innere Uhr. Sie sagt mir, dass ich heute den ganzen Tag noch nichts gegessen habe. Ihr habt nicht zufällig ein paar schmackhafte Mäuse, Frösche oder vielleicht ein paar fette Käfer hier?«

»Nein, tut mir leid. Aber draußen stehen ein paar Fischstäbchen. Sie waren eigentlich für Lancelot. Vielleicht gibt er Ihnen was ab?«

Lancelot streckt sich. »Sie mögen Fisch, Madame Eule?«

»Sehr gern sogar. Wenn mir jemand aufhelfen würde? Im Moment fühle mich wie ein Igel, der auf den Rücken gefallen ist.«

»Die Medizin kann jetzt bestimmt nicht mehr aus den Augen laufen«, sage ich und setze Frau Eule auf. »Geht es? Können Sie sehen? Oder soll ich Sie bis vor die Tür tragen?«

Frau Eule blinzelt ein paarmal. »Die Medizin scheint zu helfen.« Sie sieht an sich herunter. »Und meine Beine funktionieren noch sehr gut. Danke, dass du fragst, Mirella. Aber ich gehe mit meinen Füßen.«

Frau Eule wippt lustig hoch und runter beim Laufen, fast so wie ein Huhn. Lancelot geht langsam neben ihr her.

Klara und ich schauen den beiden nach.

»Sir Lancelot gibt Frau Eule etwas von seinen Fischstäbchen ab«, sage ich zu meiner Freundin.

»Hab ich mir gedacht. Ich verstehe zwar nicht, was die beiden sagen, aber ich kann dich ja hören.« Klara schüttelt den Kopf. »Aber ich kann trotzdem nicht glauben, dass ein Kater und eine Eule sich gerade zum Abendessen auf unserer Terrasse verabredet haben.«

10.

Hast du mir etwa nachspioniert?

Es ist schon nach elf Uhr. Aber Klara und ich sind noch überhaupt nicht müde. Wir sitzen auf der Terrasse und lassen unsere Beine baumeln, so wie vorhin.

Lancelot hat es sich auf einer der Getränkekisten bequem gemacht. Und Frau Eule sitzt auf dem umgedrehten Blumenkübel. Wir haben beschlossen, dass sie heute bei uns am Luftschlösschen übernachtet. Hier ist es sicherer für sie, bis ihre Augen wieder richtig funktionieren.

Der Himmel hängt voller Sterne. Im Garten brummen dicke braune Junikäfer um die Wette. Und um den Apfelbaum fliegen ein paar leuchtende Glühwürmchen.

»Schön!«, sagt Klara.

Das finde ich auch. Ich lasse den Kopf auf Klaras Schulter sinken. »Du bist die beste Tagschwester der Welt.«

»Und du die beste Nachtschwester!«, sagt Klara. Dann quietscht sie plötzlich laut.

»Was?« Erschrocken schaue ich auf.

»Hallo?«, ruft Klara aufgeregt. »Tagschwester, Nachtschwester? Merkst du was? Wir haben es von Anfang an gewusst. Als Vampirin bist du ein Kind der Nacht, deswegen haben wir dich Nachtschwester genannt!«

»Das stimmt, Mademoiselle Mirella, Fledermäuse sind nachtaktive Tiere.« Mein Kater niest gleich ein paarmal hintereinander. »Übrigens bin ich gespannt, ob du in einen tiefen Winterschlaf verfällst, wenn es kalt wird, so wie deine echten Artgenossen.«

»Winterschlaf, is' klar, du Witzbold!«, sage ich.

Lancelot niest noch einmal frech, dann spitzt er die Ohren und schaut in den Himmel. »Du bekommst Besuch, Mirella. Monsieur Blödboy, Batboy oder auch Manolo, wie du ihn manchmal nennst, ist im Anflug.«

»Ehrlich?« Ich schaue nach oben, kann ihn aber nicht entdecken.

»Was?«, fragt Klara.

»Lancelot sagt, dass Manolo hier rumflattert.«

»Er hängt jetzt im Apfelbaum«, sagt mein Kater.

Klara stupst mich in die Seite. »Los, flieg schon hin.«

»Der ist immer noch sauer und haut sowieso ab, wenn ich komm. Da bin ich mir sicher«, sage ich.

Nun mischt auch Frau Eule sich ein. »Sicher ist nur, dass nichts sicher ist.«

»Da haben Sie recht, Madame«, sagt Lancelot.

»Ich weiß zwar nicht, was die beiden gerade zu dir gesagt haben, aber wenn ich du wäre, würde ich hinfliegen«, meldet sich Klara wieder zu Wort. »Wäre doch schön, wenn ihr euch wieder vertragt.«

Ich stehe auf. »Na gut.«

»Verwandelst du dich hier draußen, oder gehst du rein?«, fragt Klara. »Ich will unbedingt dabei zusehen.«

»Lieber im Luftschlösschen«, sage ich. »Ich will nicht, dass mich hier draußen jemand zufällig beobachtet.«

Klara steht sofort auf und geht hinter mir her.

Ich hole meinen Umhang aus der Samtkiste, lege ihn um, schnalze mit der Zunge, mache »Grrr« und lasse meinen Vampirzahn für meine Freundin aufblitzen.

»Wahnsinn!«, sagt Klara. »Du siehst so gut aus!«

»Gleich nicht mehr«, feixe ich, schwinge meinen Umhang in die Luft, und – wusch – flattere ich als Fledermaus durch die Luft.

»Du siehst immer noch toll aus«, sagt meine Freundin. »Nur viel kleiner.«

Ich flattere einmal durch das Luftschlösschen und lande schließlich mitten auf Klaras Kopf.

»Iiii«, ruft meine Freundin. »Das kitzelt voll.« Sie hält ihre Hand ganz nah an mich ran, und ich krabbele drauf. Ganz vorsichtig trägt Klara mich nach draußen. Sie streckt

ihren Arm aus. Ich hopse hoch und fliege los – ohne Umwege bis zum Apfelbaum.

Dort hängt Manolo tatsächlich an einem Ast. Und er macht keine Anstalten, abzuhauen, auch nicht, als ich mich direkt neben ihn hänge.

Ich beschließe, nicht erst groß um den heißen Brei herumzureden, und frage: »Bist du noch sauer?«

»Ja. Aber vielleicht kannst du auch gar nichts dafür. Du bist schließlich erst neun«, sagt Manolo. »Also eindeutig zu jung für den ersten Vampirzahn.«

»Fast zehn«, protestiere ich. »Und Klara ist nicht einfach nur eine Freundin. Sie ist wie eine Schwester für mich. Deswegen weiß sie alles von mir. Und ich von ihr.«

»Kleinmädchenkram, sag ich doch«, befindet Manolo. »Ich hab echt gedacht, dass du mehr Verstand hast. Was meinst du, was passiert, wenn deine Freundin einer anderen Freundin von uns Vampiren erzählt. Und die erzählt es dann wieder einer anderen Freundin.«

»Das würde Klara nie-niemals machen!«

»Wenn du meinst.«

»Was ist mit deinem Freund Ole?«, frage ich.

»Woher weißt du, dass wir befreundet sind? Hast du mir etwa nachspioniert?«

»Nein, ja, aber nur, weil ich gedacht habe, dass du Lancelots Schwanz pink angesprüht hast.«

»Den hat es auch erwischt?«, fragt Manolo überrascht. »Oles Hund hat jemand blaue Ohren verpasst. Und, nein, das war ich nicht. So was würde ich nie machen. Müsstest du eigentlich wissen. Ole und ich erwischen den Kerl bestimmt bald. Ole ist nämlich total sauer. Dass ich ein Vampir bin, weiß er nicht. Auch wenn ich mir manchmal wünschte, ich könnte es ihm erzählen.«

Auf einmal fühle ich mich schlecht. Weil ich Manolo verdächtigt habe. Und weil ich mir gar keine Gedanken darüber gemacht habe: Er selbst möchte vielleicht einfach gar nicht, dass jemand weiß, was er ist.

»Tut mir echt leid«, sage ich. »Ich fand es voll schön und lustig, nachts mit dir durch die Gegend zu flattern.«

»Hat mir auch gut gefallen«, sagt Manolo. »Deswegen bin ich ja auch hier. Ich war erst drüben bei euch im Garten und habe gewartet. Aber dann hat eine Schwarzdrossel meiner Dohle erzählt, dass du bei deiner Freundin bist.«

»Das war bestimmt Lorelei«, sage ich und schaue am Baum hoch. »Wo ist Rabia?«

»Sitzt ganz oben auf dem Baum, in dem ihr euer Haus gebaut habt.«

»Ach so.«

Eine Weile hängen wir still nebeneinander. Dann sagt Manolo: »Ich würde mich ja für dich mal in meine menschliche Gestalt verwandeln. Aber ich habe eine Bedingung.«

»Und die wäre?«

»Ich hypnotisiere Klara. Sie vergisst alles, was sie über Vampire weiß. Ihr könnt tagsüber trotzdem beste Freundinnen bleiben. Und nachts flattern wir beide wieder gemeinsam durch die Gegend. Wir könnten zusammen in den Zoo fliegen, die Flamingos besuchen oder nachsehen, was deine Giraffe macht.«

»Das geht aber nicht«, sage ich. »Klara ist meine beste Freundin. Das könnte ich ihr nicht antun.«

»Denk noch mal in Ruhe darüber nach.« Manolo lässt sich vom Ast fallen und flattert vor mir rum. »Ich komme bald noch mal bei dir im Garten vorbei und frage dich, wie du dich entschieden hast.«

»Musst du nicht!«, sage ich mit fester Stimme. »Klara darf wissen, dass ich eine Vampirin bin.«

»Deine Entscheidung!«

Manolo flattert hoch in die Luft. Er ist schon fast am Baumhaus, als sich Rabia zu ihm gesellt. Ich schaue ihnen nach, bis sie nur noch zwei klitzekleine Punkte am Himmel sind. Dabei macht sich wieder das komische Gefühl in meinem Bauch breit wie ein schwerer, dicker Kloß.

11.
Sternschnuppenregen

»Und? Erzähl!«, sagt Klara.

Der blöde Kloß im Bauch ist bis nach oben in meinem Hals gewandert. Jetzt bloß nicht heulen!

»Er will nichts mehr mit mir zu tun haben.«

Klara denkt einen Moment nach, bevor sie sagt: »Kann ich sogar irgendwie verstehen, wenn ich ehrlich bin. Wenn ich eine Vampirin wäre, würde ich auch nicht wollen, dass jeder es weiß.«

»Du bist aber nicht jeder.«

»Für dich bin ich die beste Freundin, für ihn nicht«, stellt Klara fest. »Er kennt mich gar nicht.« Sie schielt zu mir rüber. »Bist du sehr traurig deswegen?«

»Irgendwie schon«, gebe ich ehrlich zu. »Es war cool, nachts mit ihm durch die Gegend zu flattern.«

»Verstehe ich.« Auf einmal wirkt auch Klara traurig. »Ich wäre auch gern eine Vampirin«, sagt sie. »Dann könnten wir am Tag und auch in der Nacht beste Freundinnen sein.«

»Sind wir doch auch so«, versichere ich schnell. »Immer!«

Da fällt eine Sternschnuppe vom Himmel. Sie zieht einen langen Schweif hinter sich her.

»Hast du das gesehen?«, flüstert Klara neben mir.

Und da fällt auch schon die nächste Schnuppe vom Himmel, und noch eine ...

»Sternschnuppenregen«, sage ich. »Wie schön!«

»Ja! Voll!«

Wir sehen uns an, dann schließen wir beide gleichzeitig die Augen.

Ich wünsche mir, sage ich leise zu mir selbst, dass Manolo nicht mehr sauer auf mich ist und dass Klara immer meine beste Freundin bleibt.

Als wir die Augen wieder öffnen, lächelt Klara. »Ich habe mir was für dich gewünscht«, erklärt sie. »Schade, dass ich dir nicht sagen darf, was.«

»Das ist ja lieb! Ich bin so froh, dass du meine Freundin bist!« Ich atme tief durch. Und dann erzähle ich ihr von Manolos Bedingung.

»Im Ernst?«

»Ja, aber ich habe ihm gesagt, dass ich das nicht will«, versichere ich schnell. »Weil du nicht nur meine Freundin bist. Du bist auch meine Tagschwester. Und ich bin froh, dass ich immer mit dir reden kann – über alles!«

»Puh!«, macht Klara und zeigt mir ihren Arm. »Ich habe voll die Gänsehaut. Aber eine, die sich gut anfühlt.« Dann fällt sie mir um den Hals. »Danke!«

Ich lache und halte meine Freundin einen Moment lang ganz fest. »Weißt du was? Wenn Manolo dich doch irgendwann hypnotisiert, erzähle ich es dir einfach wieder.«

»Versprochen?«

»Nachtschwesternehrenwort!«, sage ich.

Wir lösen uns voneinander und lächeln uns noch einmal an. Der dicke Kloß in meinem Bauch hat sich fast in Luft aufgelöst. Ich finde es schade, dass Manolo nicht mehr mit mir fliegen will. Aber Klara ist mir wichtiger. Es fühlt sich verdammt gut an, sie zur Freundin zu haben.

»Und jetzt gibt es Nachtisch!« Klara springt auf und kommt mit den gebackenen Herzen zurück.

»Die sind viel zu schön, um sie aufzufuttern.«

»Wir backen neue, aus Salzteig. Und die hängen wir dann im Schlösschen auf.« Klara bricht ein Stück Herz ab und hält es mir hin.

Ich greife zu. Da sehe ich plötzlich Lancelot unten durch den Garten laufen. Über ihm fliegt Frau Eule.

»Was machen die beiden denn da?«, frage ich stirnrunzelnd.

»Sieht nach Flugübungen aus«, antwortet Klara. »Lancelot passt auf Frau Eule auf, damit sie nicht irgendwo gegen fliegt.«

»Sir Lancelot, der Beschützer!«, sage ich und gähne herzhaft. Ganz plötzlich bin ich müde.

Auch Klara gähnt. »Du hast mich angesteckt. Kommst du mit rüber ins Bad? Zähne putzen und noch mal Pippi machen. Ich habe nämlich keine Lust, mitten in der Nacht wieder zum Haus gehen zu müssen.«

»Okay.«

Wir gehen am Apfelbaum vorbei. Der Kloß im Bauch meldet sich wieder. Nicht so schlimm wie vorhin. Aber er ist doch noch da.

Frau Eule und Sir Lancelot haben es sich auf der Terrasse bequem gemacht. Sie sprechen leise miteinander. Ab und zu glucksen und niesen sie. Was sie sich erzählen, kann ich nicht hören. Nur, dass sie Spaß haben.

Klara und ich liegen nebeneinander auf dem Matratzenbett. Meine Freundin schläft schon tief und fest. Ich bin zwar müde, kann aber trotzdem nicht einschlafen. Tante Elly fällt mir wieder ein. Und dass auch sie mir gesagt hat, wie wichtig es ist, dass niemand von uns Vampiren erfährt. Und jetzt weiß Klara nicht nur von mir, sie weiß auch von Manolo. Ich seufze leise, rolle mich zur Seite und schaue aus dem kleinen Fenster in den Nachthimmel. Sternschnuppen fallen keine mehr. Aber die Sterne sehen auch so wunderschön aus. Alles wird gut, denke ich. Es gibt für alles eine Lösung. Alles wird gut ...

Ich gähne, schließe die Augen und schlafe endlich ein.

Am nächsten Morgen kitzelt mich irgendwas an der Nase. Ich muss niesen und wache auf. Neben mir steht Lancelot und miaut.

Davon wird auch Klara wach. »Ist was passiert?«

Ich reibe mir den Schlaf aus den Augen und schaue zu meinem Kater. Der miaut wieder, dreht sich um und geht in Richtung Tür. »Ich glaube, wir sollen mitkommen.«

Wir stehen beide auf und gehen raus auf die Terrasse. Dort setzt sich Lancelot jetzt neben Frau Eule.

»Was ist denn los?«, frage ich und knie mich zu ihr runter. Frau Eule blinzelt ein paarmal, bevor sie ihre Augen öffnet.

»Oje!«, entfährt es mir.

»Die sind ja ganz rot«, ruft Klara. »So ein Mist! Was machen wir denn jetzt?«

»Wir bringen Frau Eule zu meinem Vater«, entscheide ich.

»Und wenn du dann Ärger bekommst?«

Ich überlege einen Moment und sage: »Ich habe versprochen, keine geheimen Tierschützerbriefe mehr zu schreiben, nicht mehr in den Zoo zu fliegen und Papa nicht zu sagen, dass ich die Sprache der Tiere verstehen kann. Aber ich habe nicht versprochen, den Tieren nicht mehr zu helfen. Mein Papa ist Tierarzt. Er weiß, welche Medizin Frau Eule hilft. Und wenn das den anderen Vampiren nicht passt, ist das deren Pech!«

»Find ich gut.« Klara geht zum Blumenkübeltisch und dreht ihn um, sodass er wieder ein normaler Kübel ist. »Darin könnten wir Frau Eule transportieren. Wir brauchen nur was Weiches, damit es nicht so ungemütlich für sie ist. Die Kissen sind zu groß, die passen nicht rein.«

Ich laufe schnell ins Luftschlösschen und komme mit dem T-Shirt zurück, das ich gestern angehabt habe. »Das müsste reichen.«

Klara holt einen Stift und einen Zettel, auf den sie schreibt: *Wir sind drüben bei Miri.* »Falls meine Eltern uns suchen«, erklärt sie.

Es ist gar nicht so leicht, den Kübel samt Frau Eule die Leiter runterzutragen. Aber wir schaffen es und rennen los. Neben uns läuft Lancelot her. Er mag Frau Eule anscheinend wirklich sehr.

»Heute ist Samstag, da arbeitet Papa normalerweise nicht«, rufe ich Klara zu. »Nur, wenn jemand einen Notfall gemeldet hat.«

»Wir sind ein Notfall«, ruft Klara zurück.

Kurz vor unserem Haus werden wir von einem Jungen auf einem Fahrrad überholt. Er ist blond, trägt eine Brille und hält mit quietschenden Reifen an, als er uns sieht.

»Jasper«, stellt Klara fest.

Wir bleiben kurz stehen und schnaufen durch.

»Da seid ihr ja! Ich habe euch gesucht«, sagt Jasper und sieht runter auf den Kübel. »Oh, eine Eule.«

»Sie ist krank, wir bringen sie zu meinem Vater«, erkläre ich schnell.

»Und danach?«, fragt Jasper.

»Wissen wir noch nicht. Wieso?«, antwortet Klara.

»Ich glaube zu wissen, wer Helmut mit Farbe besprüht hat«, sagt er.

»Wer?«, frage ich.

Jasper rückt seine Brille zurecht. »Solange es nur eine Vermutung ist, möchte ich mich dazu nicht äußern. Aber ich habe einen Plan. Habt ihr heute Nachmittag Zeit? Um drei?«

»Wir holen dich ab«, sagt Klara.

»Abgemacht!« Jasper steigt wieder auf sein Rad. »Bis später!«

Es sind nur noch ein paar Schritte bis zum Haus. Jetzt wird mir doch ein wenig mulmig zumute. Aber nicht wegen der ganzen Vampirsache. »Wir hätten Frau Eule gestern schon zu meinem Vater bringen müssen.«

»Zu spät!«, sagt Klara und klingelt.

12.

Alles nur wegen uns

Mama macht uns auf. »Oje, wen habt ihr denn da?«, fragt sie.

»Das ist Frau Eule. Ihre Augen sind rot und entzündet«, sage ich. Und dann, ganz leise: »Ich weiß, ich hab's versprochen, aber dürfen wir sie bitte Papa zeigen?«

»Natürlich, Miri. Papa kann ihr bestimmt helfen.« Mama geht ein Stück zur Seite, um uns reinzulassen. »Er ist im Arbeitszimmer.«

Ich atme erleichtert auf. Mama sieht nicht so aus, als wäre sie sauer.

Papa sitzt hinter dem Schreibtisch. »Guten Morgen, die Damen«, sagt er fröhlich. »Was gibt es denn so Wichtiges, dass ihr mir im Schlafanzug einen Besuch abstattet?«

»Eine Eule mit roten Augen«, erkläre ich.

Papa steht sofort auf. »Dann zeigt mal her. Wo habt ihr die denn gefunden?«

»In unserem Garten«, sagt Klara. »Sie ist gestern Abend in mich reingeflogen.«

Das ist nicht geflunkert, denke ich, und stelle Frau Eule im Kübel auf Papas Schreibtisch.

Er beugt sich zu ihr runter, macht »Hm« und sagt: »Miri, bringst du mir bitte meinen Tierarztkoffer. Und auch die flache Plastikwanne. Das sehe ich mir mal genauer an.«

Wir schauen zu, wie Papa Frau Eule aus dem Kübel hebt und in die Wanne setzt. »Vielleicht hat sie sich auch die Flügel verletzt. Sonst hätte sie sich sicher nicht einfach so von euch anfassen lassen. Sie wäre weggeflogen.«

Ich überlege gerade, wie ich Papa das erklären soll, da spaziert Lancelot in den Raum und springt über den Schreibtisch aufs Fensterbrett.

»Geht's noch!«, ruft Papa. »Raus mit dir, Freundchen, du hast hier nichts zu suchen.«

Aber das interessiert Lancelot nicht. Er legt sich hin und sieht zu Frau Eule.

»Mirella, kannst du deinen Kater bitte vor die Tür setzen«, sagt Papa. »Ich möchte nicht, dass er auf die Eule losgeht, so wie letztens auf das Frettchen. Die Eule hat schon Angst genug in der ungewohnten Umgebung.«

»Sir Lancelot würde Frau Eule nie was antun, Herr Manusch. Die beiden sind befreundet. Sie mögen sich«, erklärt Klara.

Meine Freundin muss echt aufpassen, dass sie sich nicht noch mehr verplappert. Ich trete ihr gegen den Knöchel, nur ganz leicht.

»Autsch!«

»Ich bring ihn raus«, sage ich schnell.

Das gefällt Lancelot gar nicht. Er miaut beleidigt, als ich ihn packe, wehrt sich aber nicht und lässt sich von mir aus dem Zimmer tragen. »Wir treffen uns gleich im Garten«, sage ich leise und setze ihn im Flur auf den Boden.

Papa nickt. »Gut! Und jetzt bräuchte ich eure Hilfe. Ich möchte die Eule nicht verletzen, wenn ich sie untersuche. Könnte eine von euch beiden sie festhalten? Und die andere reicht mir meine Instrumente, die ich für die Untersuchung benötige.«

»Du hältst Frau Eule fest«, sagt Klara zu mir.

Papa lächelt. »Eine Madame also.«

»Weil Lancelot doch auch ein Sir ist«, erkläre ich schnell. Für Papa sitzt vor ihm eine stinknormale Eule. Und das soll auch so bleiben.

Frau Eule zittert ein wenig, als ich meine Hände um sie lege. Aber sie bleibt ruhig, als Papa mit seiner Tierarzt-Lupe ihre Augen untersucht. »Kannst du mir einen Tupfer geben, Klara«, sagt er konzentriert.

Meine Freundin nickt gleich ein paarmal hintereinander. »Hier, bitte, Herr Manusch, der Tupfer.« Sie reicht Papa das kleine weiße Tüchlein.

Er reibt damit vorsichtig über Frau Eules Auge. »Das sieht mir nach einer einfachen Entzündung aus«, sagt Papa. »Was mich nur wundert ...« Er schaut noch einmal durch die Lupe. »Vielleicht ist eure Madame mit einer Flüssigkeit in Kontakt gekommen, die für Eulenaugen nicht gut ist. Eine giftige Substanz vielleicht oder verunreinigtes Wasser.«

Ups!

Klara beißt sich auf die Unterlippe. Und bei mir meldet sich der doofe Kloß im Bauch wieder. Aber diesmal nicht wegen Manolo, sondern weil ich ein schlechtes Gewissen habe.

Ich nehme all meinen Mut zusammen und sage: »Ich glaube, daran sind wir schuld, Papa. Wir haben Frau Eule nämlich gestern Abend Augentropfen gegeben.«

Papas Stirn legt sich in Falten. Dass er nicht schimpft, macht die Sache nicht besser. Ich sehe ihm trotzdem an, dass er sauer ist.

Dafür findet meine Freundin ihre Sprache wieder. »Das war meine Schuld. Ich hatte die Idee, weil ich auch mal eine Entzündung hatte und die Tropfen bei mir geholfen haben.«

»Dann rufen wir jetzt mal deine Mutter an und fragen, was das genau war«, sagt Papa streng. »Vorher kann ich leider nicht entscheiden, wie wir den Vogel behandeln müssen.«

»Es waren Makritz-Tropfen«, sagt Klara. »Das weiß ich ganz genau, weil sie wie Lakritze klingen. Und wir haben in jedes Auge nur einen Tropfen getan.«

»Ganz sicher?«

»Ja, Papa. Das stimmt. Es war ein weißes Plastikfläschchen mit grüner Schrift.«

»Na gut, wenn ihr euch beide einig seid, dann glaube ich euch jetzt mal. Das bedeutet, dass wir nun die Augen der Eule ausspülen. Wenn wir damit fertig sind, bekommt sie die richtige Medizin in Form einer Salbe. Eure Madame wird dann ein paar Tage bei uns wohnen müssen. Und da sie nicht jagen kann, werdet ihr das für sie übernehmen. Ihr wisst bestimmt, was Eulen gerne fressen.«

Fischstäbchen will ich sagen, aber das behalte ich dann doch lieber für mich.

»Mäuse, Frösche, Kröten, dicke Insekten.« Klara rümpft die Nase. »Brrr.«

Papa lächelt. »Ein bisschen Strafe muss sein. Ihr wisst warum, oder?«

Wir nicken beide. Und ich sage: »Weil wir Frau Eule die Tropfen gegeben haben.«

»Nicht ganz«, erwidert Papa. »Weil ihr einem Tier ein Medikament für Menschen gegeben habt. Und dabei wäre es so einfach gewesen. Ihr hättet rüberkommen können, um mich um Rat zu fragen. Immerhin bin ich Tierarzt.« Papas Stirn legt sich wieder in Falten. »Versprecht mir, dass ihr so etwas nie wieder macht. Beim nächsten Mal kommt ihr gleich zu mir. Verstanden?«

»Ja, haben wir«, antworte ich für uns beide.

Papa möchte es aber von Klara selbst hören. Er sieht sie streng an.

»Ich auch, Herr Manusch!«, sagt sie schnell.

»Ist ja zum Glück noch mal gut gegangen«, lenkt Papa ein. »Ich gehe davon aus, dass eure Madame wieder ganz gesund wird. Wir versorgen sie jetzt und bringen sie am besten danach in den Gartenschuppen. Ihr beide bleibt hier und passt auf, während ich den Käfig aus dem Auto hole. Zum Glück habe ich noch einen im Kofferraum, da ich gestern einen Flamingo transportieren musste.«

Ein Käfig? *Oje!*

»Die Arme«, sagt Klara prompt neben mir. »Alles nur wegen uns.«

»Das stimmt so nicht ganz«, erklärt Papa. »Die Augenentzündung wäre auch ohne euch weiter fortgeschritten. Letztendlich hat sie es also euch zu verdanken, wenn sie wieder ganz gesund wird.« Er verschränkt die Arme vor der Brust und sieht uns streng an. »Das heißt aber nicht, dass ich gutheiße, was ihr beiden da angestellt habt. Es hätte auch schlimmer ausgehen können.«

»Wissen wir, Papa«, sage ich.

»Und der Käfig ist zu ihrem eigenen Schutz, Klara«, erklärt Papa weiter. »Die Eule könnte sich verletzen, wenn sie halb blind durch den Schuppen fliegt. Wie gesagt, es wird ihr nicht gefallen, aber da muss sie jetzt durch.« Er grinst frech. »Und euch wünsche ich nachher viel Spaß beim Futtersammeln.«

»Bin ich froh, dass Frau Eule wieder ganz gesund wird!«, sagt Klara erleichtert, als Papa den Raum verlassen hat.

»Und ich erst! Ich wäre fast umgekippt vor Schreck, als mein Vater das mit der giftigen Flüssigkeit gesagt hat.« Ich beuge mich runter zu Frau Eule und streiche ihr ganz vorsichtig über den Kopf. »Tut uns wirklich leid, Madame. Sie müssen jetzt ein paar Tage in einem Käfig ausharren, bis Sie wieder ganz gesund sind. Aber wir werden gut für Sie sorgen, versprochen.«

»Und wo bekommen wir das Futter her?«, fragt Klara. »Wie sollen wir denn Mäuse fangen?«

»Ich glaub echt nicht, dass Papa das ernst gemeint hat«, sage ich.

Da kommt Papa schon zurück. »Ich hoffe, dass nicht noch mehr dahintersteckt und eure Eule nur benommen ist vom Sturz. Es ist auf jeden Fall nicht normal, dass sie so ruhig bleibt.« Er stellt den Käfig auf den Tisch. »Tut mir leid, meine Liebe«, sagt er zu Frau Eule und setzt sie ganz vorsichtig hinein. »Aber wir haben leider keine andere Wahl. Es ist nur zu Ihrem Besten.« Er sieht zu uns.

Wenn ich höre, wie Papa mit Tieren redet, denke ich manchmal, dass er sie auch verstehen kann.

»Du bist der beste Tierarzt und Papa der Welt«, sage ich.

Ein Lächeln huscht über Papas Gesicht. »Danke für das wunderschöne Kompliment, Mirella.« Er hebt den Käfig hoch. »Dann bringen wir die Dame mal in den Schuppen.«

13.

Dafür hast du jetzt uns

Klara drückt das Gartentor auf. »Und die Dinger da im Busch sehen doch aus wie Knochen.«

Ich komme nicht dazu, meiner Freundin zu antworten. Helmut stürmt bellend auf uns los.

»Sitz, Helmut!«

Diesmal hört er nicht. Stattdessen springt Helmut an mir hoch, um mich zu begrüßen. Dabei wirft er mich fast um. Zum Glück steht Klara hinter mir und hält mich fest.

»Sitz!«, sage ich noch einmal streng.

Da hallt eine helle Frauenstimme durch den Garten. »Helmut!«

Der Königspudel schleckt mir einmal quer über den Arm, dreht sich um und rennt zum Haus. Vor der Tür steht eine Frau in einem weiten, langen Kleid. Sie ist barfuß und hat lockiges blondes Haar, das ihr bis über die Schultern fällt.

»Sieht nach einer Fee aus, nicht nach einer Vampirin«, sagt Klara leise.

Die Fee winkt uns zu. »Ihr müsst Mirella und Klara sein. Ich bin Jaspers Mama. Kommt ruhig näher, Helmut tut euch nichts.«

»Den Pudel schnapp ich mir irgendwann, wenn die Sonne untergegangen ist und er mich versteht«, flüstere ich, als wir weitergehen. »Dass er einfach so an Menschen hochspringt, geht gar nicht.«

Klara grinst breit. »Da wäre ich gern dabei.«

Jaspers Mutter sieht wirklich ein bisschen aus wie eine Fee, und zwar wie eine gute. Sie lächelt uns nett an. Um ihren Hals baumelt eine Kette, an der eine kleine weiße Muschel hängt. »Schön, euch kennenzulernen. Danke für den Zopf, den ihr gestern gebracht habt. Er war köstlich.«

»Haben wir vorher ganz frisch gebacken«, erklärt Klara stolz.

»Wollt ihr reinkommen und ein Stück essen?«, fragt Jaspers Mutter. »Es ist noch etwas da.«

Ich schüttele den Kopf und zeige auf den Rucksack, den Klara trägt. »Wir haben Proviant dabei.«

Klara hat uns gar nicht zugehört. Sie zeigt auf die weiß angemalten Baumstämme und fragt: »Sollen die beiden auf das Haus aufpassen? Die gucken so grimmig.«

»Das hast du gut erkannt.« Jaspers Mutter lächelt. »Ich nenne sie *die beiden Wächter*. Wir haben sie von Norderney mitgebracht. Da haben wir vor bis vor Kurzem gewohnt.« Sie deutet mit dem Kopf auf den Busch. »Sie halten Geister vom Haus fern.«

»Sind Sie so was wie eine gute Hexe?«, fragt Klara unverblümt.

Am liebsten würde ich meiner Freundin wieder gegen den Knöchel treten, aber sie steht leider zu weit weg.

»Danke für das Kompliment, Liebes«, antwortet Jaspers Mutter ganz ernst. »Ich wäre gern eine gute Hexe. Aber die Wächter sind Skulpturen. Als die beiden Baumstämme vom Meer an Land gespült wurden, musste ich sie unbedingt verarbeiten. So wie auch die Feuersteine und die Äste, die im Busch hängen. Die haben wir am Strand gesammelt und als Andenken mitgebracht. Ich bin Künstlerin. Normalerweise arbeite ich aber mit Pinsel, Farbe, Papier und Leinwand.«

»Mit Faaarbe?«, frage ich. Vielleicht auch mit Sprühfarbe in Blau und Pink? Nicht, dass ich denke, Jaspers Mutter könnte die Tiere angesprüht haben, aber da ist ja auch noch Ole ...

Jaspers Mutter lacht. »Ja, Liebes, mit Farbe, wie fast alle Künstler. Nächsten Monat eröffne ich eine Malschule im Anbau hinter dem Haus. Kommt doch mal vorbei, wenn ihr Lust habt. Ich würde mich freuen.«

»Au ja!«, stimmt Klara sofort zu.

Malen ist mehr so Klaras Ding als meins. Aber ihr zuliebe würde ich mitgehen. »Okay, machen wir«, murmele ich also.

»Bin da!« Jasper kommt zur Tür raus. In der Hand hält er eine Hundeleine. »Tut mir leid für die Verspätung, aber ich hatte noch etwas zu erledigen.«

»Kein Ding!«, sagt Klara.

»Wollen wir los?« Jasper leint den Königspudel an. »Wir gehen eine Runde spazieren, Helmut.«

»Erzähl, Jasper«, sage ich, als wir aus dem Garten raus sind. »Wie ist dein Plan?«

»Ich habe da so eine Vermutung, wer die Tiere mit Sprühfarbe verunstaltet«, sagt er. »An dem Tag, an dem Helmut blaue Ohren bekam, habe ich jemanden in den Park gehen sehen, mit einem Rucksack auf dem Rücken. Und an den nächsten beiden Tagen auch, immer um die gleiche Uhrzeit. Um vier Uhr.«

Klara dreht sich mit dem Rücken zu Jasper. »Das heißt nix. Wir haben auch einen Rucksack dabei. Aber da ist nur was zum Futtern drin, für gleich.«

»Wie gesagt, es ist ja auch nur eine Vermutung.« Jasper zuckt die Achseln. »Auf jeden Fall habe ich gedacht, wir könnten wenigstens mal eine Runde durch den Park drehen. Da ist ein Spielplatz, auf den keine Hunde dürfen. Wir binden Helmut an einem Baum fest, tun so, als würden wir spielen, observieren ihn aber die ganze Zeit.«

»Observieren?«, fragt Klara.

»Beobachten«, antwortet Jasper. »Helmut ist unser Lockvogel.«

Im Park sind Mama, Papa und ich schon oft spazieren gegangen. Meistens haben wir Klara mitgenommen. Nachdem wir eine Runde um den Teich gegangen sind, haben meine Eltern sich auf eine Bank gesetzt und sich unterhalten. Klara und ich haben uns auf dem Spielplatz ausgetobt. Dort gibt es einen schicken Holzturm, auf den wir geklettert sind. Aber in den Sommerferien waren wir kein einziges Mal da. Wir haben jetzt unser Luftschlösschen.

Bis zum Park ist es nicht weit. Wir müssen nur einmal links abbiegen und einmal rechts.

Helmut zieht die ganze Zeit so doll an der Leine, dass Jasper ihn kaum halten kann. Der arme Jasper hat viele kleine Schweißperlen auf seiner Stirn und wirkt gestresst. Es wird Zeit, dass mal jemand mit dem Königspudel ein ernstes Wörtchen redet!

»Helmut freut sich«, erklärt Jasper in dem Moment. »Früher sind wir häufiger mit ihm spazieren gegangen. Jetzt ist er die meiste Zeit im Garten. Ich glaube, er vermisst das Meer.«

»Kann ich verstehen. Am Meer ist es ja auch viel schöner«, sagt Klara. »Wir waren schon mal an der Ostsee und wären am liebsten dageblieben. Stimmt's, Miri?

»Auf jeden Fall«, stimme ich sofort zu. »Es war echt toll da. Warum seid ihr weggezogen?«

»Aus verschiedenen Gründen«, antwortet Jasper. »Meine Mutter meint, es sei das Beste für uns alle. Sie kann hier ihre Malschule eröffnen, Ole eine Schule mit einem künstlerischen Schwerpunkt besuchen, und ich bekomme hier vernünftigen Geigenunterricht.«

»Ist doch super«, sagt Klara. »Du bist echt begabt!«

Jasper zuckt mit den Schultern. »Ich wär lieber an der Nordsee geblieben. Da hatte ich Freunde. Aber mich hat ja keiner gefragt. Wir haben schon mal hier gewohnt, ganz in der Nähe. Ich kann mich daran nicht erinnern, da war ich noch ganz klein. Ole findet es gut. Er hat Manolo. Das war damals schon sein bester Freund. Für mich interessiert er sich seitdem nicht mehr. Und Manolos Mutter ist mit meiner Mutter befreundet. Sie hat uns auch das Haus besorgt.«

Klara wirft mir einen langen Blick zu. An Manolo habe ich gar nicht mehr gedacht. Hoffentlich verplappert meine Freundin sich jetzt nicht, denke ich.

Aber ich habe mir umsonst Sorgen gemacht.

»Dafür hast du jetzt uns«, sagt Klara. »Du musst uns mal im Garten besuchen. Wir haben zwar kein Meer, aber dafür unser Luftschlösschen, ein total schönes Baumhaus.«

Jasper lächelt glücklich. »Das Angebot würde ich gern annehmen.«

»In welche Klasse gehst du?«, fragt Klara.

»Ich komme jetzt in die fünfte«, antwortet er. »Und ihr?«

»In die vierte ...«

Ich höre den beiden gar nicht mehr richtig zu. Ob das so gut ist, wenn wir uns mit Jasper anfreunden, überlege ich. Immerhin ist Manolo Oles bester Freund. Was passiert, wenn wir uns irgendwann vielleicht bei Jasper zu Hause treffen? Wird Manolo Klara dann etwa hypnotisieren?

14.

Der eigentliche Held ist Helmut

Im Park sind jede Menge Leute unterwegs: Omas und Opas mit ihren Enkelkindern, Familien und auch noch andere Spaziergänger mit Hunden.

»Also, wenn ich heimlich Tiere ansprühen wollen würde, dann würde ich mich auf die Lauer legen, wenn es hier nicht so voll ist«, sage ich.

»Abwarten. Helmut hat es gestern hier erwischt. Da war auch viel los«, sagt Jasper. »Ole war mit ihm hier. Er lässt Helmut an der großen Wiese neben dem Spielplatz manchmal von der Leine, damit er toben kann. Also Helmut, nicht Ole. Der war zu sehr mit seinem blöden Handy beschäftigt und hat nicht richtig aufgepasst. Tja, und auf einmal hatte Helmut blaue Ohren.«

»Und Lancelot einen pinken Schwanz.« Ich runzele die Stirn. »Ich hoffe, wir erwischen die fiese Socke!«

Wir haben Pech. Obwohl der Königspudel schon eine halbe Stunde angeleint am Baum steht, lässt sich niemand bei ihm blicken. Wir sitzen unten am Holzturm, essen den Rest unserer Herzen und trinken Eistee. Von hier aus haben wir den armen Helmut gut im Blick. Er fühlt sich bestimmt gar nicht wohl, einfach nur doof rumzustehen und zu warten.

Klara sieht das ähnlich. »Wir könnten ihn auch auf der Wiese laufen lassen«, schlägt sie vor.

Jasper schüttelt den Kopf. »Bloß nicht. Der hört nicht auf mich und kommt bestimmt nicht wieder zurück, wenn ich ihn rufe.«

»Auf mich hat er vorhin auch nicht gehört. Er ist an mir hochgesprungen«, sage ich schnell, bevor die beiden auf die Idee kommen, Helmut doch von der Leine zu lassen.

»Dann kommen wir morgen wieder«, schlägt Klara vor. »Sollen wir rüber ins Luftschlösschen gehen?«

»Sehr gerne«, sagt Jasper.

Helmut freut sich wie Bolle, als wir ihn endlich befreien. Wir gehen ein Stück den Weg entlang. Jasper lässt Helmut gerade Pippi an einem Baum machen, da fällt mir am Steg, der über den Teich führt, eine verdächtige Person auf. Die Person wartet, bis ein paar Spaziergänger an ihr vorbeigegangen sind, sieht sich ein paarmal um, dann legt sie sich flach auf den Bauch. Auf dem Boden neben ihr steht ein Rucksack, in dem sie nun rumkramt.

»Guckt mal«, flüstere ich. »Da vorne, am Steg.«

»Das ist er!«, flüstert Klara.

»Warum flüstert ihr?«, fragt Jasper. »Sie kann uns doch gar nicht hören.«

Sie?

Es ist ein Mädchen! Sie trägt eine Jeans und dazu ein graues T-Shirt. Ihre Haare sind schwarz, wie meine. Aber ihre sind ganz kurz. Und sie hält jetzt ganz eindeutig eine Sprühdose in der Hand.

»Holy Moly!«, flüstere ich. »Die kenne ich, die wohnt ganz am Anfang unserer Straße.«

Und dann geht alles ganz schnell. Das Mädchen beugt sich runter, so, als würde sie etwas aus dem Teich holen

wollen. Jetzt hat auch Helmut sie entdeckt. Er fängt an zu bellen und stürmt davon. Jasper hängt hinten an der Leine und rennt mit. »Helmut hat sie erkannt!«, ruft er.

Klara greift nach meiner Hand. »Los!«

Das Mädchen erschrickt und will aufstehen. Aber das schafft sie nicht. Helmut springt sie an, als sie gerade in die Hocke geht. Sie lässt die Sprühdose fallen, stolpert, verliert das Gleichgewicht – und plumpst in den Teich.

Klara und ich kommen gerade an, als sie wieder aus dem Wasser auftaucht. Der Teich ist nicht sehr tief, und das Mädchen kann darin stehen. Sie klatscht mit beiden Händen wütend auf das Wasser. Dann brüllt sie los. »Habt ihr sie noch alle? Könnt ihr nicht besser auf euren blöden Köter aufpassen!«

»Das ist kein Köter, sondern ein Königspudel«, sagt Jasper ganz ruhig.

»Das ist mir so was von egal«, motzt das Mädchen. Sie ist auf jeden Fall ein paar Jahre älter als wir. Bestimmt schon dreizehn oder vierzehn. »Ich werde dafür sorgen, dass euch der Hund abgenommen wird. Macht euch auf was gefasst! Mein Vater ist Polizist!«

Ich bücke mich und hebe die Sprühdose auf. »Polizist? Wie praktisch! Der wird sich bestimmt ganz doll freuen, wenn er erfährt, dass du die Tiere hier im Park mit Farbe ansprühst.«

Das Mädchen kreuzt die Arme vor der Brust. »Was denn für Tiere? Ihr spinnt ja!«

Da zeigt Jasper zum Ufer. »Und was ist mit den beiden Schildkröten da drüben passiert?«

Ich schaue nach links zum Schilf. »Du hast die Panzer lila angesprüht!«

»Irgendjemand muss die Welt doch bunter machen. Und jetzt seid schön brav und verkrümelt euch.« Das Mädchen grinst. »Sonst hat euer Pudel bald wieder blaue Ohren.«

»Also gibst du es zu«, sage ich. »Du warst es!«

»Nein, *du* warst es«, kontert das Mädchen. »Du hast die Farbdose in der Hand. Da sind jetzt deine Fingerabdrücke drauf. Bin mal gespannt, was deine Eltern sagen, wenn sie das erfahren. Ich weiß nämlich, wo du wohnst.«

Ich bin so baff, dass mir nicht einfällt, was ich sagen soll.

Dafür hat Klara eine Antwort parat: »Mirellas Vater ist Tierarzt. Der weiß, dass sie so was nie machen würde. Außerdem hat Mirella Zeugen – uns!«

»Jetzt reicht's mir aber!« Das Mädchen spritzt mit Wasser und kommt auf uns zugewatet. »Verkrümelt euch, sonst ...!«

Jetzt wird mir doch ein bisschen mulmig zumute. Aus den Augenwinkeln sehe ich, dass Klara nach dem Rucksack des Mädchens greift und reinsieht. »Da ist noch mehr Farbe drin. Pink, Gelb und Blau. Und bestimmt sind überall deine Fingerabdrücke drauf.«

»Leg sofort meine Tasche hin, du kleine Klugscheißerin!« Das Mädchen kommt noch ein Stück näher und ist schon fast am Steg, aber als Helmut kurz bellt, bleibt sie stehen.

Klara holt einmal ganz tief Luft und sagt ganz ruhig: »Hol dir den Rucksack doch! Du weißt ja, wo wir wohnen.« Und dann läuft sie los.

Jasper und ich gucken uns an – und rennen hinter Klara her, gefolgt von einem hechelnden Helmut.

Erst als wir unsere Freundin kurz vor dem Parkausgang einholen, fällt Jasper auf, dass er Helmut gar nicht an der Leine hält. Das hat er in der ganzen Aufregung vergessen. Und ich auch.

Wir sind alle total außer Atem, nur Helmut nicht. Der wedelt fröhlich mit dem Schwanz und hat Spaß.

»Braver Junge«, sagt Jasper, wuschelt ihm durch sein wuscheliges Fell am Kopf und nimmt die Leine. »Lasst uns lieber ganz schnell abhauen, bevor die Tiersprayerin gleich hier auftaucht.«

»Am besten direkt zu mir«, schlage ich vor.

Wir rennen, bis wir bei uns in der Straße sind. Als ein lautes Tatütata irgendwo ganz in der Nähe ertönt, halten wir an und drehen uns um. An der Straßenkreuzung düst ein Polizeiwagen mit eingeschaltetem Martinshorn vorbei.

»Der fährt in die falsche Richtung«, sagt Jasper, und wir lachen alle drei – bis Helmut ein kurzes »Wuff« von sich gibt.

»Mist!«, sagt Jasper.

Das Mädchen kommt in ihren klatschnassen Klamotten auf uns zugerannt. Wir legen einen Sprint bis zu unserem Haus hin. Ich klingele hektisch ein paarmal hintereinander. Als Mama aufmacht, sage ich: »Wir werden verfolgt. Lass uns schnell rein.«

Mama zieht fragend die Augenbrauen hoch, geht aber ein bisschen zur Seite, sodass wir an ihr vorbeihuschen können.

»Wer verfolgt euch?« Sie schaut die Straße entlang. »Paulina? Wie sieht die denn aus? Die ist ja patschnass!«

»Du kennst sie?«, frage ich. Die Antwort bekomme ich nicht mehr mit. Stattdessen höre ich ein Fauchen, und fast im gleichen Moment reißt Helmut sich los, stürmt in die Küche und bellt wie verrückt. Jasper und ich rennen hinterher. Lancelot sitzt auf dem Fensterbrett und faucht. So einen riesigen Katzenbuckel habe ich bei ihm das letzte Mal gesehen, als Iggy hier war. Aber davon lässt Helmut sich nicht beeindrucken. Er stellt sich auf seine Hinterbeine, stützt seine Pfoten auf dem Küchentisch ab und bellt.

»Was ist denn hier los?«, ruft Papa und kommt aus dem Arbeitszimmer gerannt. Er packt den aufgeregten Königspudel am Halsband und zieht ihn vom Tisch. »Was machst du denn hier, Helmut?«

»Er gehört zu mir«, meldet sich Jasper mit piepsiger Stimme.

Papa atmet tief durch und lässt seinen Blick einmal durch die Küche schweifen. »Okay, dann beruhigen wir uns jetzt alle wieder. Mirella, du lässt bitte deinen Kater raus. Auch wenn es ihm nicht gefällt.«

»Okay.« Lancelot miaut anklagend, als ich das Fenster öffne und leise zu ihm sage: »Mach jetzt bitte keinen Stress. Wir haben schon genug davon. Ich erzähl dir alles heute Abend, versprochen.« Zum Glück springt mein Kater nun, ohne zu murren, raus.

»Und du? Ich nehme an, dass du einer der Hansen-Jungs bist. Jasper?«, fragt Papa. »Eure Mutter hat mir von euch erzählt, als ich Helmut untersucht habe.«

Der nickt. »Tut mir sehr leid wegen des Hundes.«

Papa schüttelt den Kopf. »Muss es nicht. Erstens kannst du gar nichts dafür, und zweitens ist überhaupt nichts passiert.« Er wuschelt Helmut durch das Fell. »Es ist ganz normal, dass euer Hund momentan ein bisschen durch den Wind ist. Erst der Umzug, dann die Sache mit den blauen Ohren. Das war wohl alles ein bisschen zu viel. Außerdem ist er ein ganz schön großer Brocken. Ihn zu halten ist nicht leicht. Und ehrlich gesagt, bist du noch ein wenig zu jung für solch eine Verantwortung.«

»Ich gehe ja auch normalerweise nicht allein mit ihm«, erklärt Jasper. »Heute war eine absolute Ausnahme. Sonst gehen meine Mutter oder mein Bruder Ole mit.«

»Das ist gut!«, sagt Papa. Er lächelt Mama an, die nun mit Klara in die Küche kommt. »Ganz schön was los heute, oder?«

Mama hebt Paulinas Rucksack hoch in die Luft. »Das kann man wohl sagen.«

15.

Manolo sagt nichts. Und ich sage auch nichts

Fünf Minuten später sitzen wir alle am Küchentisch. Von meinem Platz aus kann ich den Gartenschuppen sehen. Oben auf dem Dach liegt Lancelot. Er passt auf Frau Eule auf.

»So, und jetzt erzählt mal«, sagt Mama.

Zuerst reden wir alle durcheinander, bis Mama sagt: »Das ergibt so keinen Sinn. Ich würde vorschlagen, dass nur einer oder eine von euch dreien berichtet.«

»Jasper«, sage ich sofort. Der kann am besten von uns erklären.

Klara nickt. »Erzähl du, Jasper.«

»Gern.« Jasper räuspert sich und setzt sich aufrecht hin. »Es begann alles damit, dass Ole mit Helmut im Park seine Gassirunde drehte ...«

Mama und Papa hören aufmerksam zu. Am Ende sind sich die beiden einig: Sie finden es großartig, dass wir rausgefunden haben, wer die Tiere mit Farbe angesprüht hat. Allerdings denken sie, wir hätten Paulinas Rucksack nicht mitnehmen dürfen. Und außerdem hätten wir auch einen Erwachsenen um Rat bitten können. So ähnlich wie bei der Sache mit Frau Eule. Diesmal sieht Papa allerdings nicht streng aus. Und Mama lächelt. Insgeheim sind die beiden bestimmt doch ein bisschen stolz auf uns.

Ich seufze. »Immer alles richtig zu machen ist gar nicht so einfach.«

»Das stimmt. Aber damit seid ihr nicht allein. Das geht jedem so, auch Erwachsenen.« Mama zwinkert mir zu. »Außerdem waren wir auch mal so alt wie ihr.«

»Was passiert jetzt mit Paulina?«, frage ich. »Die war ganz schön sauer auf uns.« Bei dem Gedanken, ihr auf der Straße über den Weg zu laufen, ist mir doch ein wenig mulmig zumute.

»Das kläre am besten ich«, antwortet Papa. »Ich kenne ihren Vater über den Sportverein.« Er hebt den Rucksack hoch. »Den bringen wir jetzt erst mal zurück.«

»Wir?«, frage ich.

»Papa und ich«, sagt Mama. »Ihr hattet für heute schon genug Aufregung. Vielleicht lasst ihr den Rest des Tages etwas ruhiger ausklingen. Was meint ihr?«

»Und außerdem habt ihr ja auch noch eine Verpflichtung.« Papa lächelt schelmisch. »Wir wollen doch nicht, dass die arme Frau Eule verhungert. Über ein paar Insekten würde sie sich bestimmt freuen.«

Mist, das hätte ich fast vergessen! Papa hat es also doch ernst gemeint.

Klara rümpft die Nase. »Wo kriegen wir denn jetzt fette Insekten her?«

Mir fallen die dicken Junikäfer wieder ein, aber die fliegen erst spät am Abend. Und bis dahin will Frau Eule bestimmt nicht warten.

»Bei uns hinten im Garten gibt es jede Menge Nacktschnecken«, sagt Jasper da. »Meine Mutter schimpft immer über sie. Deswegen hat sie feuchte Bretter auf die Wiese vor die Beete gelegt. Darunter verstecken sie sich gern. Mama freut sich bestimmt, wenn ihr sie einsammelt.«

»Bah«, macht Klara und schüttelt sich. »Die sind immer so schleimig.«

Jasper grinst breit. »Im Keller hausen ein paar richtig große Spinnen. Die könntet ihr auch mitnehmen.«

»Ist klar!« Ich knuffe ihn in die Seite.

»Ihr macht das schon«, sagt Papa und schaut auf die Uhr. »Wir haben zwanzig nach fünf. Um halb sieben bist du bitte wieder zu Hause, Miri.«

Am liebsten würde ich noch mal im Luftschlösschen

schlafen. Aber ich möchte auch in Frau Eules Nähe bleiben. Also müsste Klara bei uns übernachten. Und das erlauben ihre Eltern sowieso nicht. Wenn Schule ist, darf sie nur einmal im Monat bei mir übernachten. Oder ich bei ihr. Am Montag geht der Ernst des Lebens weiter, wie Klaras Mama uns letztens erst erklärt hat. Wir brauchen also gar nicht zu fragen.

Auf dem Weg zu Jasper haben wir nur ein Thema: Paulina. Und dass wir sie zum Glück erwischt haben.

»Wisst ihr was?«, sagt Klara. »Der eigentliche Held ist Helmut. Er hat die Trulla in den Teich geschubst. Und als sie rauskommen wollte, hat er sie angebellt, damit sie drinnen bleibt.«

Ich hake mich bei meiner Freundin ein. »Ich finde, dass du die Heldin bist. Es war so was von cool, wie du auf einmal den Rucksack genommen hast und einfach weggerannt bist.«

»Das finde ich auch«, sagt Jasper. Er deutet schräg rüber auf die andere Straßenseite. »Da drüben kommen übrigens Ole und Manolo. Mein Bruder ist der Blonde, aber das habt ihr euch bestimmt schon gedacht.«

Plopp! Der Kloß plumpst wieder in meinen Bauch. Und er fühlt sich verdammt schwer an. Am liebsten würde ich jetzt in einem Loch verschwinden. Husch, wie eine Maus,

einfach weg. Aber es ist zu spät. Die beiden kommen tatsächlich zu uns rüber.

»Da bist du ja, kleiner Bruder.« Ole stupst mit dem Finger gegen Jaspers Nase. »Mum hat uns losgeschickt, um nach euch zu suchen. Sie hat sich schon Sorgen gemacht.« Er grinst und sieht zu uns. »Da hat mein Bruder sich gleich zwei Freundinnen geangelt, nicht schlecht!«

Ich bemühe mich mit aller Kraft, Manolo nicht anzugucken, und starre auf Ole. Er sieht aus wie Jasper, nur größer. Allerdings hat er keine Brille und trägt sein Haar etwas länger. Er hat es zur Seite gekämmt, und auf einer Seite fällt es ihm in sein Gesicht bis über das Auge.

»Freunde sind wichtig«, sagt Klara und hört sich ungemein erwachsen an. »Gut, wenn man gleich zwei hat.«

Jasper klopft auf Manolos Rücken. »Es sei denn, man hat so einen guten Kumpel wie ich. Dann braucht man nur einen.«

Ich drehe den Kopf ein wenig zur Seite und sehe direkt in Manolos Augen. Sie sind unwahrscheinlich dunkel. Seine Haut ist leicht gebräunt. Und auf seinem Kopf wachsen braune Locken, die wirr in alle Richtungen abstehen.

Er sagt nichts. Und ich sage auch nichts. Wir stehen einfach nur da und schauen uns an.

»Wir müssen los, Alter«, kommt es da zum Glück von Ole.

»Bis bald mal«, sage ich mutig.

Manolo fährt sich mit der Hand durch seine Locken – und lächelt mich an.

Als wir weitergehen, pikt Klara mich in die Seite. Ich werfe ihr einen strengen Blick zu. Meine Freundin weiß nicht nur, dass Manolo ein Vampir ist. Sie weiß jetzt auch, wie er aussieht. Hoffentlich verplappert sie sich nicht!

Jasper hat zum Glück nichts mitbekommen. »Eigentlich sind die beiden ganz nett«, sagt er. »Wenn man mal von der kleinen Tatsache absieht, dass Ole mein älterer Bruder und von daher von Natur aus anstrengend ist. Manolo ist sonst nicht so schweigsam. Normalerweise redet er viel mehr. Und meistens ist er lustig. Man kann sehr viel Spaß mit ihm haben.«

Nur, wenn er nicht sauer auf einen ist, denke ich. Aber immerhin hat er eben ein bisschen gelächelt.

Klara hakt sich wieder bei mir unter. »Ich fand die beiden auch nett. Aber wisst ihr was? Ich habe so was von keine Lust, jetzt Schnecken zu sammeln.«

»Wie gesagt, wir hätten da auch ein paar schöne Spinnen im Keller. Welche mit dicken haarigen Körpern und ganz langen Beinen.«

»Muah, Jasper!«, ruft Klara.

Die beiden lachen, und ich lasse mich davon anstecken.

Wir haben fünfzehn Schnecken gesammelt. Sie warten in einem kleinen Eimer darauf, von Frau Eule verspeist zu werden. Jasper steht am Tor und winkt uns nach. Wir wollen mit ihm bald ein Baumhaus im Kirschbaum bauen. Kirschen mopsen müssen wir dann nicht mehr. Wir können die Hand ausstrecken und sie einfach pflücken.

»Bis morgen«, rufe ich.

»Ja, bis morgen«, ruft auch Klara. Und dann fragt sie: »Meinst du, dass Manolo mich hypnotisiert? Jetzt, wo ich weiß, wie er aussieht.«

»Hoffentlich nicht.« Ich schnalze mit der Zunge und lasse mein spitzes Beißerchen aufblitzen. »Notfalls zeige ich dir jeden Tag wieder meinen Zahn und erzähle dir, dass ich eine Vampirin bin.«

Meine Freundin guckt mich skeptisch an. »Das wird aber dann ganz schön anstrengend für dich, wenn du mir immer wieder das Gleiche erzählen musst.«

»Dann schreibe ich dir einen Brief, den ich dir jeden Tag zum Lesen gebe.«

»Au ja, bitte!« Klara lächelt glücklich. »Das war echt aufregend heute. Erst die Sache mit Frau Eule, danach mit Paulina, und dann treffen wir auch noch Manolo.«

»Ja, voll krass!« Ich seufze. »Echt schade, dass Montag die Schule wieder anfängt.«

Vor unserem Haus bleiben wir stehen. Klara umarmt mich und sagt: »Du musst mir morgen unbedingt ganz genau berichten, was deine Eltern dir über die Sache mit Paulina erzählen.«

»Mach ich!«

»Und wie es Frau Eule geht. Ob ihr die Schnecken geschmeckt haben. Und überhaupt einfach alles!«

Ich lache. »Versprochen. Aber jetzt lauf lieber schnell los. Wir haben gleich halb. Und du willst doch nicht zu spät kommen.«

»Stimmt!« Klara rollt mit den Augen. »Warum müssen Eltern manchmal nur so streng sein.«

Ich warte, bis meine Freundin an ihrem Haus angekommen ist. Wir winken noch einmal und klingeln gleichzeitig. Das machen wir immer so. Wir klingeln, und wer zuerst im Haus ist, hat gewonnen.

Heute macht Papa mir zuerst die Tür auf. »Gewonnen!«, rufe ich laut.

»Ganz knapp«, ruft Klara zurück. Ihre Mama steckt den Kopf zur Tür raus und winkt kurz zu uns rüber.

»Was würdet ihr beiden nur ohneeinander machen«, seufzt Papa.

»Nichts. Uns wäre langweilig.« Ich hebe stolz den kleinen Eimer hoch. »Fünfzehn Stück. Ich hoffe, sie schmecken Frau Eule.«

»Das hoffe ich auch. Du kannst gleich mal dein Glück versuchen.«

»Okay.« Ich bin schon durch den Flur, da fällt mir etwas ein. »Was hat denn eigentlich Paulinas Papa gesagt?«

»Er war nicht gerade begeistert. Aber wir haben eine sehr gute Lösung gefunden, wie ich finde.« Papa lächelt. »Die junge Dame kommt einen Monat lang jeden Nachmittag für zwei Stunden in meine Praxis, um mir zu helfen.«

»Boah, Papa«, rufe ich. »Das ist so was von keine Strafe! Das würden Klara und ich jederzeit freiwillig machen.«

Papa wuschelt mir durchs Haar. »Ich weiß, Schatz. Aber Paulina war nicht gerade begeistert. Und außerdem ist es notwendig, dass sie ihre Einstellung Tieren gegenüber grundlegend ändert.«

Ob das hilft? »Na gut. Wo ist Mama?«

»Die ist oben in ihrem Zimmer. Sie liest.«

»Gute Idee«, entscheide ich spontan. »Das werde ich später auch.« Erst gehe ich in die Badewanne und schrubbe den Schneckenschmodder von mir ab. Und dann mache ich es mir mit einem Buch in meinem Zimmer gemütlich!

16.

Du bist die geborene Jägerin

Frau Eule frisst nicht. Sie dreht den Kopf weg, wenn ich ihr eine Schnecke hinhalte. Bestimmt schmecken sie ihr nicht. Oder sie hat keinen Hunger. Wenn es mir schlecht geht, kann ich auch nichts essen. Und außerdem ist es doof, so allein hier im Schuppen zu stehen, eingesperrt in einen Käfig.

»Schade, dass Papa mir nicht erlaubt, Sie mit auf mein Zimmer zu nehmen«, sage ich. »Aber ich komme nachher auf jeden Fall noch mal vorbei, wenn die Sonne untergegangen ist und ich Sie verstehen kann. Lancelot kommt bestimmt mit.« Ich schaue aus dem Fenster. »Wo steckt der eigentlich?«

Prompt höre ich ein Rascheln hinter mir. Und da springt schon mein Kater auf den Tisch neben den Käfig. »Da bist du ja! Das ist gut. Frau Eule mag die Schnecken nicht. Vielleicht frisst sie ja, wenn du in der Nähe bist«, sage ich.

Lancelot sieht mich mit großen Augen an. Da sehe ich, dass aus seinem Maul ein kleines grünes Beinchen hängt.

»Was hast du da?«, frage ich.

Es ist eine große Heuschrecke. Lancelot spuckt sie auf den Tisch und stupst sie mit der Pfote in meine Richtung.

»Ist die für Frau Eule?«

Lancelot miaut. Das bedeutet wohl Ja.

»Das ist total lieb von dir, Lancelot«, sage ich.

Mir tut die Heuschrecke ein bisschen leid, doch ich halte sie trotzdem vor Frau Eules Schnabel. Sie blinzelt mit ihren verklebten Augen, schnappt aber dann zu.

»Sie frisst!«, rufe ich. »Gut gemacht, Lancelot!«

Lancelot miaut wieder.

»Echt schade, dass ich dich gerade nicht verstehen kann. Ich muss jetzt rüber. Aber wir sehen uns ja bestimmt gleich, wenn die Sonne untergegangen ist. Vielleicht finden wir ja dann auch noch mehr Heuschrecken.«

Um acht Uhr habe ich gegessen, den Schmodder abgewaschen und dufte lecker nach Himbeere. Ich sitze im Schneidersitz auf meinem Bett und lese. Mein Buch ist so spannend, dass ich gar nicht mitbekomme, wie Mama in mein Zimmer kommt.

»Und? Wie gefällt dir das Buch?«, fragt sie, und ich zucke erschrocken zusammen.

»Voll gut!«, sage ich grinsend.

Mama lächelt. »Das freut mich, Schatz. Aber heute machst du bitte nicht mehr so lang. Eine halbe Stunde noch, dann wird geschlafen. Montag fängt …«

»Die Schule wieder an.« Ich seufze. »Ja, ich weiß. Aber darf ich bitte trotzdem noch einmal rausfliegen? Ich muss unbedingt mit Frau Eule sprechen. Sie soll wissen, dass alles gut wird. Und dass sie bald aus dem Käfig rauskommt.«

»In Ordnung«, sagt Mama. »Heute zum letzten Mal. Ab Montag bleibst du nachts auf deinem Zimmer. Dann wird nur noch am Wochenende geflogen.«

»Ist gut! Danke, Mama.«

Mama ist gerade weg, da kommt Lancelot in mein Zimmer. Er springt auf mein Bett und rollt sich am Fußende zusammen.

»Eine gute Stunde noch, bis die Sonne untergeht«, sage ich, »dann können wir mit Frau Eule sprechen.«

Es ist genau sechzehn Minuten nach neun. Ich flattere als Fledermaus durch den Garten. Lancelot rennt unter mir her. Vor dem Schuppen halten wir an. Die Tür ist zu. Um sie zu öffnen, muss ich mich in ein Mädchen verwandeln. Ich lande neben Lancelot und lege gerade meine Fledermausflügel um mich, da schubst er mich unsanft mit der Pfote um.

»He!«, schimpfe ich.

»Im Garten nebenan wässert der Nachbar die Beete, Flederella«, erklärt Lancelot. »Und ich glaube, dass er sich sehr wundern würde, wenn er deinen Verwandlungsprozess beobachtet.«

Lancelot hat recht. Nebenan gießt Herr Dierkes die Blumen, direkt am Gartenzaun. Das hätte ins Auge gehen können!

»Danke!«

»Nicht dafür, Flederella. Es gehört schließlich zu meinen Aufgaben, auf dich aufzupassen.« Lancelot zeigt mit einer Pfote auf das Schuppenfenster. »Es steht auf Kipp. Du könntest hindurchflattern und die Tür von innen öffnen. So sieht dich niemand.«

»Ist gebongt!« Ich flattere nach oben. Da das Fenster kleiner ist als unsere im Haus, kann ich nicht einfach durch den Spalt fliegen. Ich muss auf dem Rahmen landen und in den Schuppen klettern. Aber das habe ich schnell geschafft.

»Hallo, Frau Eule, ich bin es, Mirella«, sage ich. Ich flattere zum Käfig und verwandele mich. »Wie geht es Ihnen?«

Frau Eule blinzelt mit den Augen. »Das Vampirmädchen! Das ist gut!« Sie seufzt. »Ich dachte schon, ich muss den Rest meines Lebens in diesem Käfig verbringen. Wärst du so lieb und lässt mich raus?«

»Das geht leider nicht«, sage ich. »Warten Sie kurz, ich muss Sir Lancelot reinlassen. Er möchte Sie auch gern sehen.«

Ich öffne die Tür. Mein Kater huscht an mir vorbei und springt hoch auf den Tisch. »Bonsoir, Madame Eule.«

»Guten Abend, Sir Lancelot, welch freudige Überraschung. Sind Sie hier, um mich zu befreien?«

»Madame, nichts lieber als das, aber es wäre nicht zu Ihrem Besten«, erklärt Lancelot. »Sie müssen leider in Ihrem Krankennest verweilen, bis Sie wieder gesund sind.«

»Nur ein paar Tage«, versichere ich schnell. »Aber dann können Sie auch wieder richtig gut sehen.«

Frau Eule blinzelt erneut. »Wenn ich dafür mein Augenlicht zurückerhalte, habe ich wohl keine andere Wahl.«

»Ja, es ist wirklich das Beste! Mein Papa ist Tierarzt. Er hat Sie mit der richtigen Salbe behandelt. Jetzt werden Sie wieder gesund.«

»Das ist gut.« Frau Eule blinzelt noch einmal, schafft es aber diesmal, die Augen zu öffnen. »Noch etwas verschwommen, aber ich kann euch beide erkennen. Wie praktisch, dass du einen Vater mit Heilkräften hast, kleines Vampirmädchen. Und dass du mich zu ihm gebracht hast. Das sollten die anderen Tiere auch erfahren.«

»Bloß nicht!«, sage ich schnell. »Außerdem müssen

Sie jetzt erst mal ganz gesund werden. Dazu ist es wichtig, dass Sie fressen.« Ich zeige auf den Eimer, der auf dem Tisch steht. »Mögen Sie keine Schnecken?«

»Sie liegen schwer im Magen«, erklärt Frau Eule. »Aber die Heuschrecke, die Sir Lancelot mir besorgt hat, war köstlich. Ich mag es, wenn mein Fressen schön knackig ist. Wenn mich nicht alles täuscht, müssten heute auch wieder die dicken leckeren Käfer in der Luft herumfliegen.«

»Junikäfer«, sage ich.

Lancelot streicht sich über seine Schnurrhaare. »Ihr Wunsch ist mir Befehl, Madame Eule. Ich werde welche für Sie jagen.« Er sieht zu mir. »Und Mademoiselle Flederella hilft uns bestimmt.«

»Das geht doch nicht«, sage ich. »Draußen ist der Nachbar. Außerdem könnte Papa mich sehen.«

»Wofür kannst du dich in eine Fledermaus verwandeln, Flederella?« Lancelot niest ein paarmal. »Das sind Insektenjäger.«

»Na gut, ich versuche es!«

Klara lacht sich kaputt, wenn ich ihr das erzähle! Ich flitze tatsächlich als Fledermaus durch die Luft und fange Junikäfer. Da die dicken braunen Brummer nicht sehr schnell sind, geht das ganz einfach. Ich finde es zwar etwas ekelig, sie in meinem Mund bis zu Frau Eule zu transportieren, aber sie schmecken ihr. Ich bin so gut, dass Lancelot gar nicht mithelfen muss. Er liegt faul vor dem Schuppen und schaut mir zu.

»Du bist die geborene Jägerin«, ruft er.

»Ja, aber das ist voll anstrengend!«, rufe ich zurück. »Ich brauche eine kurze Pause.«

Ich flattere zur Wäscheleine und hänge mich kopfüber dran. Aus den Augenwinkeln sehe ich einen besonders dicken Brummer ganz in meiner Nähe herumschwirren. Ich bin ganz leise und bewege mich keinen Zentimeter. Den hole ich mir! Ich warte geduldig, bis er genau an meinem Mund vorbeifliegt. Dann schnappe ich zu.

»Bravo, Mademoiselle Flederella«, ruft Lancelot. »Das ist eine gute Taktik!«

Da hängt sich plötzlich eine andere Fledermaus zu mir an die Leine. »Guten Hunger«, sagt sie.

Vor Schreck schlucke ich den Käfer runter. Er ist so dick, dass er in meinem Hals stecken bleibt. Ich huste und plumpse von der Leine.

Oben lacht Manolo sich schlapp. Und ich höre auch Lancelot laut und ausgiebig niesen.

Ich räuspere mich. Der Käfer ist vom Hals bis in meinen Bauch gerutscht. *Bah!*

Eigentlich bin ich volle Lotte sauer! Wenn Manolo mich nicht erschreckt hätte, hätte ich den blöden Käfer nicht verschluckt. Aber ich bin so froh, dass er da oben an der Leine hängt, dass auch ich kichern muss.

Manolo lacht sich immer noch kringelig. »Du hast einen Käfer gefressen!«

Ich sortiere meine Flügel und flattere zu ihm hoch. »Schmeckt gar nicht so übel«, flunkere ich.

Manolo fliegt einmal um mich rum. »Dafür, dass du erst fast zehn Jahre alt bist, bist du ganz schön cool.«

17.

Das war besser als jeder Actionfilm

»Findest du mich wirklich cool?«, frage ich glücklich, fliege einen kleinen Looping und sause dann durch den Garten.

Manolo flattert mir hinterher. »Ja, bist du! Und deine Freundin Klara auch. Jasper hat uns von eurer genialen Aktion im Park erzählt. Echt mutig von euch. Besonders von deiner Freundin. Ich wär gern dabei gewesen, als sie den Rucksack genommen hat und einfach weggerannt ist.«

»Jasper und ich haben auch erst ganz schön blöd aus der Wäsche geschaut, als Klara plötzlich losgedüst ist. Und dann sind wir wie der Teufel hinterher. Aber das Mädchen auch. Sie heißt Paulina. Kennst du sie?«

»Nein«, sagt Manolo. Er fliegt zum Baum und landet an einem Ast.

Ich hänge mich daneben. »Dann bist du nicht mehr sauer?«, frage ich.

»Nicht so richtig«, sagt Manolo. »Ich kann dich sogar ein bisschen verstehen. Ich würde Ole auch gern erzählen, wer ich wirklich bin.«

»Und dein Vater? Dann ist der jetzt bestimmt grantig, weil du dich gezeigt hast.«

Manolo grinst. »Hab ich ja gar nicht. Kann ich doch nichts dafür, dass ihr euch mit Jasper angefreundet habt. Wir sind uns nur zufällig über den Weg gelaufen.«

»Stimmt«, rufe ich. »Das war wirklich ein Zufall!« Na ja, nicht so ganz. Immerhin haben wir Manolo verdächtigt. Aber das ist jetzt nicht mehr wichtig. Ich bin einfach nur glücklich, weil jetzt wieder alles gut wird.

Da erklärt Manolo: »Du darfst jetzt echt nicht böse sein, wenn ich das sage. Aber wenn deine Klara ihren Mund nicht halten kann und unser Vampirgeheimnis weitererzählt, hypnotisiere ich sie trotzdem.«

»Okay!«, stimme ich sofort zu. Denn ich bin mir sicher, dass Klara das nie-niemals machen wird. »Dann flattern wir nachts weiter zusammen rum?«

»Machen wir!« Manolo kichert. »Oder wir hängen gemeinsam ein bisschen ab und fressen dicke Brummkäfer.«

Ich knuffe Manolo in die Seite. Da sehe ich Papa über die Terrasse nach draußen kommen.

»Mein Vater«, flüstere ich. »Der schaut bestimmt noch mal nach Frau Eule.«

»Warum flüsterst du?«, fragt Manolo. »Er kann dich doch nicht hören.«

»Ich weiß. Das ist nur, weil er nicht wissen darf, dass ich eine Vampirin bin«, antworte ich.

»Das ist krass. Warum eigentlich nicht? Deine Freundin weiß es doch auch.«

»Das hat der Ältestenrat der Vampire entschieden. Weil ich die Sprache aller Tiere verstehen kann und Papa

Tierarzt ist. Sie wollen nicht, dass ich zu sehr in den Lauf des Lebens eingreife – oder so ähnlich.«

»Ah, deswegen. Du sollst deinem Vater nicht helfen.«

»Ja, was echt schade ist.«

»Aber immerhin kannst du den Tieren helfen«, sagt Manolo. »Du hast den Bussard befreit. Und eben hast du Käfer für die Eule gefangen. Ist wenigstens etwas.«

»Das stimmt!« Ich nicke glücklich.

»Es ist wirklich eine besondere Gabe, dass du die Sprache aller Tiere verstehst«, betont Manolo. »Und nicht nur das! Sie verstehen dich auch. Das ist echt irre!«

»Das stimmt! Nur schade, dass es tagsüber nicht funktioniert. Sonst hätte ich Helmut mal ordentlich die Meinung gegeigt. Der hört nämlich gar nicht auf Jasper. Und das geht gar nicht!«

»Gute Idee! Lass uns hinfliegen«, schlägt Manolo vor.

»Jetzt? Ich weiß nicht. Helmut schläft doch bestimmt im Haus.«

»Wir haben Sommer. Wir finden bestimmt ein Fenster, das auf Kipp steht.« Manolo schwingt sich mit dem ganzen Körper nach links, sodass er gegen mich stößt. »Komm schon, Mirella, sei kein Feigling.«

Da kommt Papa aus dem Schuppen und geht zurück zum Haus.

»Na gut, aber wenn ich mit Helmut geredet habe, fliegen wir sofort zurück. Mein Vater schaut immer nach mir, bevor er selbst ins Bett geht. Das ist so gegen elf.«

»Abgemacht!«

Ich blicke hinunter in den Garten. Lancelot liegt vor dem Schuppen und schaut zu uns hoch. Neben ihm sitzt Rabia. Unsere Beschützer sind also bereit. Wir flattern los.

»Tut mir leid, Lancelot, jetzt musst du schon wieder rennen!«, rufe ich meinem Kater entschuldigend zu.

Es steht genau ein Fenster auf Kipp, bei dem die Rollos nicht runtergezogen sind.

»Das ist Jaspers Zimmer«, sagt Manolo und landet auf dem Fensterrahmen. »Seine Zimmertür steht offen. So kommen wir ins Haus, ohne uns verwandeln zu müssen. Helmuts Körbchen ist unten im Wohnzimmer.«

»He!«, rufe ich. »Das können wir echt nicht bringen.«

Aber es ist schon zu spät. Manolo verschwindet im Zimmer. Im nächsten Moment klebt er auch schon an der Scheibe – von innen!

»Muah!« Obwohl ich mich nicht wirklich wohlfühle, folge ich Manolo.

Jasper schläft auf dem Rücken. Das eine Bein hat er ausgestreckt, das andere angewinkelt. Er trägt eine kurze Schlafanzughose und dazu ein Oberteil, von dem mich Elsa, die Eiskönigin, anlächelt.

»Schickes Outfit«, lästert Manolo prompt neben mir.

»Das ist auch mein Lieblingsfilm!«, erwidere ich. Und mir ist Jasper sofort noch ein bisschen sympathischer. »Muss ja nicht jeder Junge nur auf Actionfilme stehen.«

»Ist ja schon gut«, lenkt Manolo ein. Und dann sagt er: »Ich habe beide Teile gesehen.«

»Die sind ja auch toll!« Ich fliege zur Zimmertür. Es kommt mir nicht richtig vor, hier weiter rumzuspionieren. »Das Körbchen ist unten?«

»Ja!«

Auch Helmut liegt auf dem Rücken. Er hat alle vier Beine von sich gestreckt und schnarcht.

Ich flattere ganz nah an sein Ohr und mache: »Pst!«

Helmut bewegt sich etwas, schläft aber weiter.

»Pst! Helmut, wach auf.«

Helmut spitzt die Ohren, öffnet die Augen, hebt seinen Kopf – und brüllt sofort los: »Alarm, Alarm!«

»Alles gut«, sage ich schnell. »Ich bin es, Mirella.«

»Alarm!«, brüllt Helmut noch einmal.

»Sag ihm, dass er aufhören muss zu bellen«, ruft Manolo. »Er weckt das ganze Haus auf.«

»Dazu muss ich mich verwandeln«, sage ich. »Du stehst Schmiere.«

»Okay!«

Ich lege meine Flügel um meinen Körper und bin ein

Mädchen. »Aus, Helmut! Ich bin es, Mirella. Wir kennen uns.«

Helmut ist sofort still. Aber er guckt ziemlich dämlich aus der Wäsche.

Ich atme erleichtert auf. »Tut mir leid, wenn ich dich erschreckt habe, aber ich würde mich gern mit dir mal ganz in Ruhe unterhalten.«

»Krasser Traum!« Helmut schüttelt den Kopf.

»Du träumst nicht, ich bin wirklich hier. Und du kannst mich verstehen.«

»Alles klar«, sagt Helmut und legt sich wieder hin. »Meine Träume werden immer verrückter.«

»He!« Ich kneife dem Königspudel ins Ohr. Nicht sehr fest, aber schon so, dass es ein bisschen wehtut.

»Autsch!« Helmut reißt die Augen auf. »Das gibt es nicht. Du bist real?«

»Voll real. Ich wollte dich bitten, dass du dich ab sofort benimmst und auf Jasper hörst.«

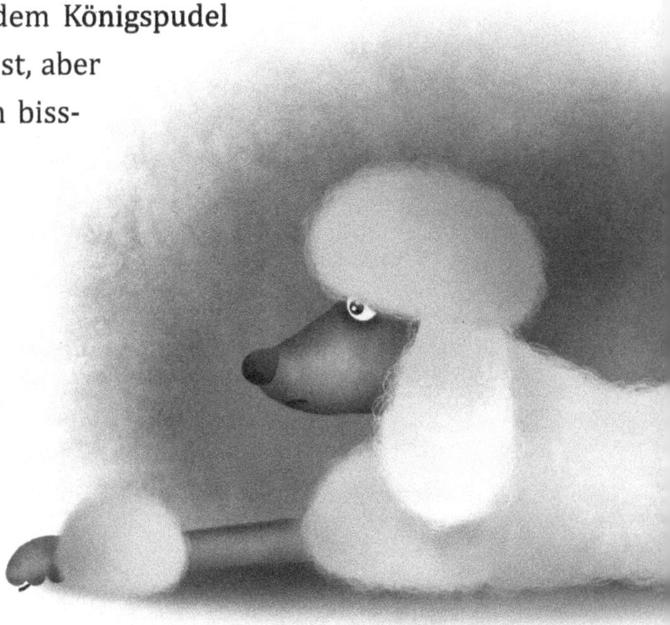

»Warum sollte ich?«, fragt Helmut. »Er ist hier nicht der Chef im Haus.«

»Du auch nicht!«, sage ich streng.

»Stimmt, wir haben eine Chefin«, sagt Helmut. »Aber ich komme gleich nach ihr in der Rangordnung.«

Ich seufze. Dass das hier so schwierig werden würde, hätte ich nicht gedacht.

»Und jetzt lass mich in Ruhe«, sagt Helmut. »Meine Pfote schmerzt. Ich habe sowieso schon schlechte Laune. Wenn ich Pech habe, muss ich noch mal zum Tierarzt. Und den kann ich gar nicht leiden.«

»Wieso das denn nicht?«, frage ich. »Mein Vater ist sehr nett. Außerdem hilft er Tieren. Das ist doch gut.«

»Tierärzte stechen manchmal mit spitzen Nadeln«, antwortet Helmut mürrisch.

»Ah, deswegen. Ja, das kann ich verstehen. Das mag ich auch nicht. Darf ich mir deine Pfote mal anschauen?«

»Wenn du meinst ...« Helmut hält mir sein linkes Bein hin.

Ich entdecke den spitzen Dorn in seinem Pfotenballen sofort.

»Du bist in einen Stachel getreten«, erkläre ich. »Ich kann versuchen, ihn rauszuziehen. Das könnte aber kurz wehtun.«

»In Ordnung«, sagt Helmut.

Ich ziehe den Stachel mit spitzen Fingern heraus. Das geht zum Glück ganz einfach.

Allerdings scheint Helmut eine echte Memme zu sein. »Auaaaaaaaaaaaaaaaaaah«, brüllt er.

»Psst!«, mache ich. »Sei doch still. Du weckst noch alle auf.«

Und da ruft Manolo auch schon: »Da kommt jemand. Schnell, verwandele dich zurück.«

Ich bin so aufgeregt, dass ich mich mit dem Umhang verheddere und es nicht rechtzeitig schaffe.

»Mirella? Was machst du denn hier?«, fragt Jasper, der plötzlich vor mir steht, und reibt sich die Augen.

»Äh ...« Ich weiß echt nicht, wie ich das erklären soll. Aber das muss ich zum Glück auch nicht.

Manolo kommt zu mir geflattert. »Verwandele dich zurück, ich hypnotisiere Jasper.«

»Tut mir leid, Jasper.« Ich schwinge meinen Umhang nach oben und bin im nächsten Moment eine Fledermaus.

»Das glaubt mir kein Mensch«, sagt Jasper, dem fast die Augen aus dem Kopf fallen.

»Stimmt!« Manolo flattert jetzt direkt vor Jaspers Gesicht auf und ab. »Du vergisst alles, was du gerade gesehen hast«, sagt er. »Mirella war nie hier. Dein Hund hat gebellt, und du hast nach ihm gesehen. Mehr ist nie passiert!«

Jasper nickt mit abwesendem Blick und kniet sich

runter zu Helmuts Körbchen. »Was ist denn los? Warum machst du so einen Lärm?«

»Danke für deine Hilfe, Mirella«, ruft Helmut.

»Benimm dich in Zukunft!«, rufe ich zurück.

Da dreht Jasper sich zu uns um. So schnell wir können, fliegen Manolo und ich nach oben in Jaspers Zimmer und ganz schnell aus dem Fenster raus.

Erst bei uns im Garten machen wir halt. Wir hängen uns in den Baum und schnaufen beide durch. Mein Herz klopft immer noch wie verrückt.

Manolo findet zuerst seine Sprache wieder. »Das war besser als jeder Actionfilm!«, sagt er atemlos. Und dann müssen wir beide grinsen.

18.

Geister?

»Dir ist schon klar, dass ich dich nicht beschützen kann, Flederella, wenn du dich in geschlossenen Gebäuden aufhältst«, sagt Lancelot.

Mein Kater hat sich, wie jede Nacht, am Fußende meines Bettes zusammengerollt und sieht mich nun vorwurfsvoll an.

»Ja, du hast recht, das war sehr dumm von uns«, gebe ich zu.

»Einsicht ist der erste Schritt zur Besserung.« Lancelot seufzt. »Dieser Vampirjunge hat nur Blödsinn im Kopf!«

»Stimmt«, sage ich, rolle mich zur Seite und schlafe lächelnd ein.

Zum Glück lassen mich meine Eltern am nächsten Morgen ausschlafen. Es ist zehn Uhr, als ich von ganz allein aufwache. Lancelot ist schon irgendwo draußen unterwegs.

Ich schaue aus dem Fenster und gähne herzhaft. Da sehe ich unten zwei Gestalten stehen. Es sind ein Junge und ein Mädchen, und beide sind blond: Klara und Jasper!

Ich öffne das Fenster.

»Endlich!«, ruft Klara. »Wir dachten schon, du stehst nie auf. Wir haben Tausendmillionen Steinchen gegen deine Scheibe geworfen. Kommst du runter?«

Deswegen bin ich also wach geworden. »Okay. Ich brauche nur zehn Minuten.«

Ich düse ins Bad, ziehe mich im Turboeiltempo an und renne runter in die Küche.

Mama lächelt mich an und deutet mit dem Kopf Richtung Fenster. »Erst was trinken. Das Brot kannst du meinetwegen unterwegs essen.«

»Danke, Mama. Du bist echt die Beste.«

Klara und Jasper warten im Schneidersitz auf dem Rasen. Ich lasse mich zu ihnen plumpsen, sage »Hallo« und beiße in mein Brot. »Sorry, ich hab noch nicht gefrühstückt.«

»Tu dir keinen Zwang an«, sagt Jasper. Er strafft seine Schultern. »Ich habe extra gewartet, bis du da bist. Ich muss euch nämlich was erzählen.«

Klara lässt sich etwas nach hinten sinken und stützt sich mit den Händen ab. »Schieß los!«

»Wahrscheinlich werdet ihr mich für verrückt erklären, aber gestern Abend ist etwas total Merkwürdiges passiert«, sagt Jasper. »Ich bin wach geworden, weil Helmut erst gebellt und dann gejault hat. Also bin ich zu ihm runter. Er lag in seinem Körbchen und war ganz aufgeregt. Ich habe mit ihm geredet, aber er hat mich gar nicht beachtet. Er hat die ganze Zeit woandershin geguckt.« Jasper legt eine kleine, bedeutungsvolle Pause ein. Ich höre auf zu essen und warte gespannt darauf, was er berichten wird.

»Erzähl weiter«, fordert Klara Jasper auf.

»Aber nicht lachen!«

»Versprochen«, sagt Klara, und ich nicke.

Jasper atmet tief durch. »Ich glaube, es waren Geister in unserem Haus.«

»Geister?« Klara wirft mir einen bedeutungsvollen Blick zu.

Ich beiße schnell von meinem Brot ab und kaue, damit ich nichts sagen muss.

»Klingt verrückt, ich weiß«, sagt Jasper. »Aber als ich in die Richtung gesehen habe, in die Helmut gestarrt hat, habe ich zwei schwarze Schatten gesehen, die die Treppe hochgehuscht sind.«

»Holy Moly!« Klara reibt sich über die Nase. »Hast du Angst gehabt?«

»Du glaubst mir also?«, fragt Jasper.

Klara nickt. »Ich glaube, dass es unerklärliche Dinge gibt«, antwortet sie ausweichend.

Jasper nickt. »Gut, ich auch. Und jetzt zu deiner Frage: Nein, ich hatte keine Angst. Im Gegenteil. Ich hatte das Gefühl, dass die Geister mir wohlgesonnen sind.«

Endlich habe ich mich einigermaßen gefasst. »Dann war das auch so«, erkläre ich. »Seinem Gefühl sollte man immer trauen.«

»Du hast recht«, sagt Jasper und guckt uns beide mit seinen großen Augen an. »Wenn, dann waren es gute Geister. Seit heute Morgen hört Helmut nämlich aufs Wort. Egal, was ich sage, er reagiert sofort. Er macht Platz, Sitz, und er kommt, wenn ich ihn rufe.«

»Ist ja ein Ding.« Klara grinst und sieht zu mir.

Zum Glück fällt mir eine gute Antwort ein. »Das liegt aber vielleicht auch an unserem Erlebnis im Park«, sage ich. »Da ist Helmut dir ohne Leine hinterhergerannt. Vielleicht hat er da gemerkt, dass du der Chef bist.«

»Hm.« Jasper zieht die Nase kraus. »Könnte auch sein.«

»Glaube ich ehrlich gesagt auch«, stimmt Klara zu. »Nicht dass ich denke, dass da keine Geister waren. Aber Miris Begründung klingt irgendwie logischer.«

Jasper denkt einen Moment nach. »Ich glaube, dass ihr recht habt.« Er lächelt. »Aber ich rechne es euch hoch an, dass ihr nicht gelacht habt.«

»Würden wir nie machen«, sage ich.

»Nie-niemals«, stimmt Klara mir zu. »Du kannst über alles mit uns reden, auch wenn es total verrückt klingt.«

»Das ist echt sehr nett von euch«, sagt Jasper. Er lächelt und sieht glücklich dabei aus. »Jetzt finde ich es gar nicht mehr so schlimm, dass wir von der Nordsee weggezogen sind.«

»Wir finden es sogar richtig gut, oder, Klara?«

Meine Freundin nickt. »Unbedingt!«

Da kommt Papa raus in den Garten. »Guten Morgen, ihr drei. Ich fahre in den Zoo. Eine Hyäne hat Nachwuchs bekommen. Wollt ihr mich begleiten?«

»Wollen wir?«, frage ich meine Freunde.

»Ja!«, antworten beide gleichzeitig.

»Dann klärt das bitte kurz zu Hause ab«, sagt Papa. »In einer Viertelstunde geht's los.«

Jasper springt sofort auf. »Ich bin gleich wieder da!«

Klara bleibt noch einen Moment bei mir sitzen. »Geister also ...«

»Zwei Fledermäuse«, erwidere ich.

»Dann habt ihr euch also wieder vertragen, Manolo und du?«

»Ja, zum Glück«, sage ich. »Er findet dich nämlich ziemlich cool.«

»Echt?«

»Ja, wegen der Aktion im Park. Ole hat ihm davon erzählt.«

»Find ich gut! Du musst mir später alles ganz genau berichten.«

»Mach ich!«

»Dann sag ich jetzt mal schnell Bescheid, dass ich mit euch in den Zoo fahre.« Meine Freundin steht auf. Bevor sie losläuft, sagt sie noch: »Echte Geister hätte ich aber auch cool gefunden. Ich habe es doch gleich gesagt – das Haus ist irgendwie spooky.«

19.

Ich hatte nur die besten Absichten

Abends liege ich bewaffnet mit Taschenlampe und Buch unter meiner Bettdecke und bin ganz tief in die Geschichte versunken, als Mama plötzlich ins Zimmer kommt.

Ich knipse die Lampe aus. Aber es ist zu spät. Mama hat mich erwischt.

»Bist du etwa immer noch wach, Mirella?«, fragt sie und stemmt ihre Hände auf die Hüften. »Du musst jetzt wirklich schlafen. Es ist schon halb zehn, und morgen musst du in die Schule.«

»'tschuldigung«, murmele ich, während ich langsam aus meiner Lesehöhle hervorkrieche. »Das Buch ist so spannend, ich konnte es nicht weglegen.«

Mama lächelt sanft. »Ich finde es schön, dass du so gern liest. Aber jetzt ist wirklich Schluss.«

»Okay.« Ich rolle mich in meiner Decke ein und schließe die Augen. »Nacht, Mama.«

Obwohl ich müde bin, kann ich nicht einschlafen. In den letzten Tagen ist einfach so viel passiert. Und alles schwirrt auf einmal in meinem Kopf herum. Ich seufze und drehe mich auf die andere Seite.

Da höre ich plötzlich Stimmen im Garten. Das Fenster steht auf Kipp. Ich kann gar nicht anders. Ich muss aufstehen und nachschauen, wer da ist. Ich blicke raus und sehe ein Eichhörnchen durch den Garten huschen, das hinter dem Schuppen verschwindet. Kurz darauf rennt ein Igel über den Rasen. Ich kneife die Augen ein bisschen zusammen, um besser sehen zu können, was da vor sich geht.

»Holy Moly! Ich glaube, mein Muli humpelt!«

Auf dem Schuppen sitzt eine ganze Taubenfamilie. Da kann doch was nicht mit rechten Dingen zugehen!

Ich überlege nicht lange, schnappe mir meinen Umhang, verwandele mich in meine Fledermausgestalt und fliege in den Garten. Dort hänge ich mich erst mal an einen Ast, um zu beobachten, was hier passiert.

Ich sehe zwei Mäuse, eine Hasenfamilie, eine Ratte – und sogar eine Ringelnatter, die sich über den Rasen schlängelt, um schließlich hinter dem Schuppen zu verschwinden.

»Das gibt's doch nicht!« Ich flattere hoch in die Luft, bis ich endlich sehen kann, was hinter dem Schuppen abgeht. Dort hockt mein Kater hinter einem abgeschnittenen

Baumstumpf. Neben ihm sitzt Lorelei, die kleine Schwarzdrossel. Auf der anderen Seite des Stumpfes hat sich eine Warteschlange aus den verschiedensten Tieren gebildet. Was wollen die denn alle hier?

Ich lande direkt auf dem Baumstumpf vor Lancelot. »Kannst du mir mal verraten, was das hier ist?« Augenblicklich wird es still; die Augen sämtlicher Tiere sind auf uns gerichtet.

»Ah, oui, Mademoiselle Mirella ...«, säuselt mein Kater. »Wie schön, dass Sie uns mit Ihrer Anwesenheit beehren.«

»Was?« Ich schüttele den Kopf.

»Das ist sie«, zischt die Ringelnatter da. »Die Fledermausmenschin.«

»Endlich«, gurren die Tauben im Chor.

»Lancelot!«, sage ich nun etwas strenger.

»Es war Madame Eules Idee«, erklärt er endlich. »Sie hat gesagt, dass es schön wäre, wenn auch die anderen Tiere von dir wüssten und man ihnen so helfen könnte.«

»Das stimmt«, ruft Frau Eule aus dem Schuppen. »Ich kann schon wieder viel besser sehen, kleine Mademoiselle. Du hast mir geholfen.«

Oh Mann! Das riecht nach Ärger! Wenn das Mama mitbekommt. Oder noch besser: Papa!

Ich will gerade anfangen zu schimpfen, da tippt mich jemand an. Ich drehe mich um. Es ist eine der Tauben, die eben noch auf dem Dach saß. Sie klopft mit ihrem Flügel auf meine Schulter und schaut mich schief an. »Ich bin Julian der Flinke, offizieller Postzusteller in dritter Generation«, sagt der Vogel. »Ich habe mir bei Ihrem Sekretär ein Ticket für die Sprechstunde gekauft. Ich hoffe wirklich, dass Sie mir helfen können.«

»Bei meinem Sekretär? Sprechstunde?« Ich funkele Lancelot böse an. »Du lässt dich dafür bezahlen?«

»Ein Happen Fisch hier, eine Pastete dort ...« Lancelot leckt sich die Pfote und streicht seine Schnurrhaare glatt. »Aber ich würde es ein Zeichen der Dankbarkeit nennen, nicht Bezahlung.«

»Oh Mann, Lancelot!«, schimpfe ich. »Das geht nicht!«

Da tippt die Taube mich wieder an. »Ich weiß nicht, was ich machen soll, Mademoiselle. Ich muss so wahnsinnig viel arbeiten. Verstehen Sie mich nicht falsch. Ich liebe meinen Job. Aber die vielen Briefe und das ständige Fliegen machen mich müde.«

»Ist gut, ich helfe heute«, entscheide ich. »Aber das war das erste und letzte Mal, Lancelot!«

»Deine Entscheidung, Mademoiselle Mirella.«

Ich wende mich an die Taube. »Du scheinst überarbeitet zu sein. Vielleicht fliegst du mal in den Urlaub.«

»Urlaub? Ich habe noch nie Urlaub gemacht. Gibt es keine Medikamente dagegen? Eine Salbe vielleicht, die auch Frau Eule gerade gesund macht?«

»Salbe darf ich euch nicht geben«, erkläre ich. »Ich kann nur helfen, wenn ihr keine Medizin braucht. Und die würde bei dir sowieso nicht helfen. Ich denke, du brauchst einfach ein bisschen Freizeit.« Ich schaue hoch zum Dach. »Nimm am besten deine Familie mit.«

»Vielen Dank, Mademoiselle.« Julian spreizt seine Flügel und fliegt zurück zum Dach des Schuppens, wo sich die anderen Tauben sofort neugierig um ihn scharen.

Eigentlich müsste ich im Bett liegen und schlafen. Aber die vielen Tiere tun mir leid. Sie einfach wegzuschicken bringe ich nicht übers Herz. Ich rette also einen Igel, dem freche Kinder Vogelbeeren auf seine Stacheln gesteckt haben. Außerdem helfe ich Monty, dem kleinen Nymphensittich, der auf der Suche nach einem Geschenk für seine Begleiterin Corinna ist. Danach ist ein Eichhörnchen an der Reihe.

»Und du? Wer bist du? Was kann ich für dich tun?«, frage ich.

Das Eichhörnchen sieht sehr nervös aus. Immer wieder schaut es aufgeregt umher und schnuppert durch die Luft. »Mein Name ist Hugo. Du musst mir dringend helfen, ich habe ein mordsmäßig großes Problem«, erklärt er. »Es ist mir peinlich, aber ich kann mein Nusslager nicht mehr finden. Jedes Jahr verstecke ich Vorräte für den Winter. Noch vor ein paar Wochen habe ich welche vergraben. Aber ich weiß nicht mehr, wo. Ich glaube, meine innere Schatzkarte ist kaputt.«

Ich brauche einen Moment, um mich an den Schulunterricht vom letzten Jahr zu erinnern. Unsere Lehrerin hat uns beigebracht, dass ein großer Teil der von Eichhörnchen versteckten Nüsse nicht wiedergefunden wird. Und dass das wichtig ist für die Natur.

»Du brauchst dir keine Sorgen machen, Hugo! Das ist normal, wirklich. Du hilfst dem Wald, damit neue Bäume wachsen können«, erkläre ich.

»Hm, ist das so? Und was soll ich dann im Winter machen? Wenn ich keine einzige Nuss mehr finde?«

Ich rücke ein Stück näher an Hugo ran und flüstere: »Ich habe eine Idee. Wenn du möchtest, kannst du hier vorn an dem großen Baum ein neues Lager errichten. Und wenn du es vergisst, fragst du mich einfach, und ich sag dir, wo es ist.«

Hugo strahlt mich bis über beide Ohren an. »Das ist ja großartig. Fabelhafte Idee. Vielen Dank!«

»Gern geschehen«, sage ich und seufze. Die Warteschlange ist noch länger geworden. So langsam werden die Tiere unruhig. Ich bekomme einen Streit zwischen der

Nachbarskatze und einer Elster mit, die der Katze ihre glitzernde Marke geklaut hat. Ein Kaninchen versucht, sich in der Schlange vorzudrängeln, und eine Ringelnatter beklagt sich lauthals über ihren Ringelnatterich.

Das schaffe ich nie.

Aber das muss ich auch gar nicht. Denn plötzlich fliegen die Vögel aufgeregt davon. Und all die anderen Tiere, die eben noch aufgereiht vor dem Baumstumpf standen, rennen wild durcheinander.

Iggy, das Frettchen meiner Tante, hechtet über die Wiese.

Im selben Moment landet Tante Elly in Fledermausgestalt direkt neben mir und schaut mich mit großen Augen an. An ihrem funkelnden Piercing habe ich sie sofort erkannt. »Holy Moly! Mirella Manusch! Das kann echt nicht wahr sein. Was ist das denn für eine Veranstaltung? Solltest du nicht längst im Bett liegen?«

»Ich wette, das war die Idee von Sir Specksack da drüben, Herrin!« Iggy zeigt auf einen Haufen kleiner Leckereien, der mir bisher noch gar nicht aufgefallen ist. »Das sieht mir nicht nach deiner vampirischen Nichte aus.«

»Wie immer hat die stinkende Eichhörnchenratte kein Benehmen«, sagt Lancelot von oben herab. »Aber ich habe auch nichts anderes erwartet.«

Tante Elly rollt mit den Augen. »Geht das schon wieder

los? Benehmt euch. Alle beide!« Sie sieht zu mir. »Erzähl du, Mirella.«

»Ich habe es nicht übers Herz gebracht, die ganzen Tiere wegzuschicken«, erkläre ich. »Ich war eigentlich schon im Bett, als ich Stimmen im Garten gehört habe.«

»Ach, so ist das.« Tante Elly denkt kurz nach. Dann sagt sie: »Kannst du bitte für deinen Kater übersetzen? Und zwar Wort für Wort.« Sie sieht Lancelot streng an. »Du weißt schon, dass man die Aufgabe als Beschützer verlieren kann, wenn man sie zu seinen eigenen Gunsten nutzt?«

»Ich hatte nur die besten Absichten«, versichert Lancelot mir, und ich übersetze schnell für Tante Elly.

»Deine Aufgabe ist es, Mirella zu beschützen!«, sagt Tante Elly streng.

Mein Kater sieht ganz verlegen zu Boden. »Das stimmt. Ich habe einen Fehler gemacht. Ich werde die Aufgabe einem besseren Beschützer überlassen.«

»Kleine Fehler verzeiht man Freunden«, schiebe ich schnell hinterher, nachdem ich für Tante Elly übersetzt habe. »Ich möchte, dass Lancelot mein Beschützer bleibt.«

»Das soll er auch. Aber Lancelot muss anscheinend noch viel lernen – genau wie du, Miri«, erklärt meine Tante.

»Merci, Madame Elly«, sagt Lancelot. Ich kann ganz genau sehen, dass er rüber zu Iggy schielt. Der verspeist gerade genüsslich eine Pastete. Aber Lancelot schweigt. Er hat wohl Angst, dass er noch einen auf den Deckel bekommt.

Tante Elly deutet Lancelots Schnurren offenbar richtig – sie sieht nicht mehr ganz so streng aus.

»Was machst du eigentlich hier, Tante Elly?«, frage ich, um sie abzulenken.

»Nach dir schauen«, antwortet Tante Elly. »Ich komme öfter mal vorbei, um mich zu vergewissern, dass es dir gut geht. Du bist frischgebackene Vampirin und wurdest mit Anlauf in eine ganz neue Welt geworfen. Das ist nicht immer leicht! Außerdem bin ich deine Tante, und da sorge ich mich natürlich um dich.«

»Echt?«

Tante Elly nickt. »Und? Geht es dir gut?«

Mein Name ist Mirella Manusch.

Ich bin ein Vampirmädchen.

Nachts kann ich die Sprache der Tiere verstehen.

Ich kann mich in eine Fledermaus verwandeln und fliegen. Aber das Schönste ist: Ich habe die besten Freunde der Welt.

»Mir geht es so was von gut!«, sage ich.

Vampirische Schlussworte

»Ich bin sooo müde!«, jammere ich.

Klara gähnt herzhaft. »Ich auch. Warum muss die Schule immer so früh anfangen?«

»Verstehe ich auch nicht, echt doof!«

Wir gehen nebeneinander die Straße entlang. Meine Freundin hakt sich bei mir unter. »Hoffentlich bekommen wir nicht wieder so einen anstrengenden Stundenplan. Sport in den ersten beiden Stunden oder so. Das geht gar nicht!«

»Oder Mathe in der fünften und sechsten, als Doppelstunde! Das ist noch schlimmer.«

»Stimmt!«, sagt Klara und bleibt plötzlich stehen. »Zeig mir noch einmal deinen spitzen Zahn, bitte! Ich will wissen, dass ich die letzten Tage nicht einfach nur geträumt habe.«

Ich schaue mich nach allen Seiten um. Erst als ich sicher bin, dass uns niemand sieht, schnalze ich mit der Zunge und lasse meinen Vampirzahn aufblitzen.

»Wahnsinn!«, sagt meine Freundin.

»Aber in der Schule lasse ich ihn drin!«

»Alles klar!«

Wir gehen weiter. Vor der Schule warten schon unsere Freundinnen auf uns. Wir begrüßen sie lachend. Alles ist wie immer. Niemand weiß, dass ich ein Vampirmädchen bin.

Im Klassenraum sitze ich neben Klara in der letzten Reihe. Das war auch schon immer so. Unsere Lehrerin, Frau Badtke, schreibt den Stundenplan an die Tafel und bittet uns, ihn abzuschreiben.

»Eine Fotokopie hätte es auch getan«, flüstert Klara.

Ich grinse und öffne mein Schulmäppchen, um einen Stift rauszuholen. Dabei kullert eine kleine schwarze Murmel auf den Tisch. Ich habe beschlossen, sie jeden Tag mit in die Schule zu nehmen. Immer wenn ich was nicht verstehe, soll sie mich daran erinnern, dass ich mehr kann, als ich denke.

»Ist das die magische Kugel?«, fragt Klara leise.

Ich nicke, hebe sie auf und umschließe sie fest mit meiner Hand. »Soll mir bei Mathe helfen.«

»Klara, Mirella! Das geht ja schon gut los da hinten in der letzten Reihe. Soll ich euch direkt am ersten Tag auseinandersetzen?«, schimpft Frau Badtke.

Wir schütteln einhellig den Kopf. Da klopft es plötzlich laut an der Tür.

»Ein Überraschungsgast«, sagt Frau Badtke. »Da möchte sich jemand vorstellen.«

Wir warten alle gespannt. Wer kann das sein? Ein neuer Schüler?

Es ist ein Mann. Er ist groß und hat dunkles Haar.

»Begrüßt bitte unseren neuen Schulleiter, Herrn Demirel«, sagt Frau Badtke.

Wir stehen alle gleichzeitig auf und sagen im Chor: »Guten Morgen, Herr Demirel!«

Der neue Schulleiter lächelt uns an. »Guten Morgen, Klasse 4a.« Er schaut durch die Reihen. Dabei merke ich, dass die Murmel in meiner Hand plötzlich ganz warm wird. Was passiert hier gerade?

Da trifft mich der Blick des Schulleiters. Er hat dunkle Augen, die mir sehr bekannt vorkommen. Und auf einmal wird mir alles klar.

»Holy Moly«, flüstere ich.

Hier bei uns in der Klasse steht Manolos Vater. Das bedeutet, unser neuer Schulleiter ist ein Vampir.

Zwei Herzen auf einem Blech

Die Herzen kannst du ganz leicht nachbacken – entweder gemeinsam mit einem Freund oder einer Freundin, oder du backst sie allein und verschenkst eins davon.

Bevor du loslegst:

Hände waschen nicht vergessen. Und dann am besten schon mal alle benötigten Zutaten raussuchen. So wie Klara und Miri das auch gemacht haben:

Für den Quark-Öl-Teig brauchst du:

- 150 g Magerquark
- 350 g Mehl
- 1 Päckchen Backpulver
- 75 g Zucker
- 1 Päckchen Vanillezucker
- 1 Ei für den Teig
- 1 Ei zum Bestreichen
- 6 Esslöffel Sonnenblumenöl
- 6 Esslöffel Milch

Jetzt den Backofen auf 180 Grad Ober-/Unterhitze anstellen. Er muss heiß sein, wenn die Herzen in den Ofen kommen.

Dann das Backblech vorbereiten. Einfach ein Blatt Backpapier drauflegen. Fertig!

Jetzt wird geknetet:

Das Mehl mit dem Backpulver, dem Zucker und dem Vanillezucker in einer großen Rührschüssel vermischen.

Das Ei, die Milch und das Öl dazugeben und alles mit den Händen zu einem gleichmäßigen Teig verarbeiten. Der Teig muss schön fest, aber immer noch elastisch sein. Er ist fertig, wenn er sich ein bisschen wie ein zu schlapp aufgepumpter Fußball anfühlt. Kleben darf er nicht mehr. Dann musst du noch ein bisschen Mehl reinkneten.

Jetzt teilst du den Teig in zwei Hälften. Wenn du das ganz genau machen möchtest, musst du ihn wiegen. Und dann ausrechnen, wie viel eine Hälfte ist. Das ist Mathe in der Küche. 😉

Aus jeweils einer Hälfte nun ein Herz formen. Es darf nicht zu dick sein, und am Rand des Bleches muss noch genug Platz sein. Durch das Backpulver geht der Teig nämlich auf. Die Herzen wachsen im heißen Ofen!

Nun die Herzen nebeneinander auf das Backblech legen.

Ein Ei mit einer Gabel in einer kleinen Schüssel gut verquirlen und die Herzen damit bestreichen.

18 bis 20 Minuten backen – und fertig sind deine gebackenen Herzen!